中华自强
励志书系

谨以此书献给本书指导老师张大诺及所有传递爱的人

追逐太阳

胡夏娟 ／著

人民出版社

2010年5月在原办公室

2012年7月在新办公室

2012年8月在山东毛公山

2012年8月在山东烟台淘金小镇

世上最有力的一双拐

在写这本书的序言之前，我的脑中出现一个想象中的情景：

未来的某一天，某个地方，一个十几岁的残疾女孩问妈妈："妈妈，很多人都说我的未来会很可怜……"

妈妈说："不会的，好好学习，不是有那么一句话吗，知识改变命运。"

女孩说："但是有人说，我这个身体，上学会很苦的。"

妈妈说："当然会很苦，你无法自己上厕所，可能会尿裤子；你的学习成绩必须非常出色，否则许多人会永远看低你；你可能会有严重的冻疮，你需要忍着，甚至要给自己上药；即使这样，我和爸爸也不放心让你考大学，去面对独立的生活，你需要证明你的决心；到了大学，下雨了，你打伞不方便，需要冒雨去上课；你要一个人去超市、去坐车、去买衣服、去打水，随时都可能倒在地上……而你一旦毕业，身边的人都有工作了，你还有可能找不到，你会觉得整个世界都忘记了你……"

女孩低下了头，小声说："妈妈，你说的这些，我受不了，我不可能去上学了，我的未来肯定是很可怜的了……"

妈妈说："你现在肯定觉得受不了，不过没关系，我给你买了一本书，里面的姐姐，她都做到了，她叫胡夏娟，挂着一副双拐一路求学，都

考上研究生了。现在,她是一个学校的心理老师,同学、老师都喜欢她尊敬她,她还有一个幸福的小家,还凭自己的力量买了100多平米的大房子呢。"

女孩说:"她怎么会那么厉害?"

妈妈说:"因为她有一颗倔强的心。"

以上情景是我的想象,但我坚信它会出现,在这本书出版以后……

我还相信,这本书带给小女孩的勇气和鼓舞——远远超出我们的想象。

胡夏娟拥有一颗倔强强大的心,没有什么能够改变她的愿望:用学习、用知识改变命运;残疾,只是让这个愿望更加强烈的催化剂,让生命更加强大的催化剂;在她那里,残疾完全成为正面能量,源源不断,愈发强大。

读胡夏娟的书,会让人认同一个"理论":今生,你注定是一个残疾人,那是因为,你注定要成为一个不平凡的人,你同步拥有了残疾本身蕴藏的巨大生命能量。那一能量,隐藏得最深,因此,一旦爆发,势不可挡!

也许有人会说,不是所有残疾人都可以拥有高学历。没关系,至少你可以从这本书中获得这样的"愿望":

从明天起,我要决心改变命运。

从明天起,我要制定一个目标。

从明天起,我要有一颗——倔强的强大的心……

张 大 诺

(北京十大志愿者 本书指导老师)

追逐太阳

目 录

第一章 **11 岁，我渴望上学** /1

我不是怪物 /2

我没有偷书 /5

再委屈也不能哭 /8

我多么渴望上学 /11

扶着墙壁央求妈妈 /13

父母终于决定让我上学 /16

第二章 **让人尴尬的小学生活** /19

新奇的上学路 /20

茫然的我，什么也不会做 /23

教室里，我是被遗弃的孤岛 /26

我尿裤子了 /28

无法掩饰的尴尬 /30

我不要做逃兵 /32

有小伙伴的感觉真幸福 /34

第三章 **痛并快乐的初中岁月** /37

特殊的作业批语 /38

深爱我的吕老师 /41

终于有了让理想飞翔的信心 /44

成功的背后是熟悉的疼痛 /47

躺着准备数学竞赛 /50

坚持的背后是沉甸甸的收获 /53

我做了中考"女状元" /56

第四章　勇敢追梦的高中时光 /59

短暂而漫长的高中入学路 /60

可怕的淋巴炎症 /63

紧张地等待高考录取 /66

我终于考上大学了 /69

第五章　全新的大学时代 /73

第一次坐电梯 /74

我也能自己洗衣服 /77

令人难忘的野炊活动 /80

我提炼出了美丽的青霉菌 /83

冒雨也要去上课 /86

首次独自坐公交车 /89

跪着讲课也美妙 /92

第六章　爱让彼此温暖 /95

图书馆和宿舍之间的疼痛 /96

天使般的海燕 /99

媛媛背我冲向厕所 /102

雨中,同学护我去上课 /105

再节省也要捐款献爱心 /108

一个关于红薯的约定 /111

第七章　我考上了研究生 /115

　　为自己争取一次机会 /116

　　一个令人激动的电话 /119

　　研究生的梦想变为现实 /122

　　同学们最后一次背我 /125

　　我成为了"校园之星" /128

　　县长来看望我了 /131

第八章　勇气让生命美丽 /135

　　幸福的选择 /136

　　第一次吃自助餐 /139

　　站着聆听讲座 /142

　　我征服了 600 米的山峰 /145

　　敲击拇指,拯救生命 /148

　　挽救轻生女孩 /151

第九章　带着爱去远行 /155

　　参加教师招聘 /156

　　开往春天的火车 /159

　　帮助别人,幸福自己 /162

　　快乐的心灵教室(上) /165

　　快乐的心灵教室(下) /168

　　带着爱去远行 /171

后　记　梦想开花的声音 /175

追逐太阳

第一章

11 岁，我渴望上学

　　残疾的身体带给我躯体上的疼和心灵上的痛。面对这些疼点、痛点，除了拒绝、排斥、否认和逃避之外，我还能做些什么？我听到了内心深处那句最有力量的呐喊……改变它！我不由得为之一震，原来命运是可以扭转的。

我不是怪物

1992 年的夏天，我还没有上学，但是这个夏天里我所经历的一切，让我的人生之舟彻底转变了航向，原本一成不变的日子开始变得跌宕起伏、步步惊心、悲喜交集。

盛夏的午后，炽热的太阳正在空中偷偷张望着这个小院，几缕白云细细地漂浮在天上，风，轻轻柔柔的。

这个院子很大，住着五、六十户人家，由前后两个院子组成，中间隔着一个圆形的拱门，院子过道北侧是一行排列整齐、粗壮高大的梧桐树。我们一家四口就住在前院一楼北侧最外面那两间。

我抬眼望了一下桌子上放着的闹钟，下午三点半，爸爸妈妈已经上班去了，院子里出奇地安静，这使得树上知了的鸣叫声显得更加地响亮。

我想到院子里去，可是我不能走路，

两岁时的全家福（右前一是作者）

我出生 100 天后做的那个手术的失败,就注定我这一生失去了正常行走的能力。不仅如此,我还不能正常控制大小便,双腿膝盖以下没有知觉。11 年了,我只能天天坐在小板凳上,望着院子上方那片偶尔有小鸟飞过的天空。

院子里空无一人,只有院子大门外面的柏油路上偶尔有行人匆匆走过。借助于小板凳,我一点一点挪到距离房间最近的一棵梧桐树下。突然,有什么东西闯入了这片空气中,一阵骚动从后面传来,由远及近,我还没有完全转过头来看一下究竟是怎么回事,八个小伙伴就从我身后涌上来,他们就像是训练有素的士兵,以极快的速度分为左右两列,一下子就把我围在了中间。

我本能地抓紧了坐着的小板凳,全身都被惧怕和高度的紧张笼罩着,仿佛稍不留神,就会有什么东西破碎掉。我用疑惑和惊慌的眼神小心翼翼地望着眼前的小伙伴,不知道他们为什么要把我围起来,他们想要做什么。

每个小伙伴都像是在观看一个怪物一样看着我,仿佛我来自于另外一个星球,又好像我犯了什么不可饶恕的错误,要受到他们的集体审判。

小伙伴的眼睛在我的身上转来转去,这加重了我的不安和紧张。我不想看他们这样令人感到害怕的眼神,哪怕望上一眼,我都觉得好像有无数的小针在刺着我的皮肤。我一下子感觉自己像是掉进了一口极深的枯井,周围没有一点缝隙,只有井口上方灼热的空气源源不断地往我身上涌,我想喊,但不知道应该喊什么,无奈之下,我垂下头,不想也不敢看他们每一个人的眼睛。我多希望自己注视的地面上能突然裂开一道缝,好让我能掉下去,就算永远也不能再上来,我也愿意。

"哎呀",站在右边的一个戴着眼镜、趿拉着凉鞋的瘦弱男孩子,不知道被谁推到了我面前,左边的小伙伴儿躲闪似地往后退了退,我下意识地抬起了头,望着眼前这个瘦弱的男孩儿,不知道他为什么会被推出来。

男孩儿回头看了一下,也许他是想看清楚刚才是谁推了自己,但小

男孩并没有生气，他脸上露出了坏坏的嬉笑，瞅了一眼领头的女孩，心领神会似地摆好了走路的姿势，他慢慢弯下腰，把他的右手放在右腿的膝盖上，每向前走一步都夸张地把身体向右侧倾斜，嘴里还不断发出"哎哟，哎哟"的声音。

我的心像是被什么东西狠狠地扎了一下，疼痛像电流一样立即在我的体内散射开来。明明是将近 40 度的天气，可是我却感到一阵阵控制不住的寒冷？

小伙伴们为什么要来欺负我呢？难道就因为我不能像他们一样走路吗？为什么只有我没有一双健康的腿呢？我弄不明白这是怎么一回事，我想小伙伴们也弄不明白，他们只是互相告诫着，千万不要和我玩，谁要是和我在一起玩，谁就会得上和我一样的病，就走不了路了。我闭上眼睛，我不想面对小伙伴的冷漠，不想面对小伙伴的嘲笑，不想看到他们像躲避瘟疫似的躲避着我。我不是个坏孩子，更不是什么怪物，我只是没有一双健康的腿而已！

我感觉自己的身体在慢慢地向下滑，而小伙伴们的笑声却更加地刺耳了……

心，疼得厉害，像是有谁在撕扯着我淌着血的伤口。

夜里，我常常梦见周围漆黑一片，自己在被一群人追赶，我看不清他们的模样，也不知道他们为什么要来追我，我只是很害怕，自己像是一只爬行动物，四肢着地，拼命地在地上往前爬。当我从梦中惊醒时，身体蜷成了一团，眼泪早已顺着我的脸颊滴落在枕头上，我紧紧咬住毛巾被的一角，在黑夜里小声地哭泣着……

我没有偷书

又是一个安静而炎热的中午，不知道为什么，我不再像往常一样喜欢待在如此寂静的环境里，我喜欢听屋门前大人们进出楼道的脚步声，每当有节奏的脚步声响起，我的心就踏实一点。

忽然，楼道里响起了越来越大的跑步声，急促而忙乱。

我条件反射似地一骨碌坐了起来，把头转向敞开的房门，眼睛睁得大大的。还没等我坐稳当，挂在门口的竹帘子就被野蛮地掀开了，又是他们！几天前的那一幕又飞速地在我的头脑中闪现，"怦，怦，……"我的心跳急剧加快，神经绷得紧紧的，手心里也变得越来越潮湿。

我往后退去，后背贴到了墙壁上，一种从未有过的惊恐席卷着我，慢慢在将我吞噬："你们……你们……要……干……干……什么？"我小声而结巴地问道，声音里含着抑制不住的颤抖。

领头女孩站在中间，双手在胸前交叉，用下巴指了指我，对站在她右侧的另一个长得很漂亮的女孩说："就是她偷了老师让我给你捎回来的那本新书"。说完她的脸上掠过一瞬间的冷笑。

我偷了漂亮女孩的书？这是绝对不可能的事！我从来都没有碰过别人的东西，我怎么可能去偷别人的东西呢？望着冤枉我的那个女孩一脸鄙视我的表情，我突然感到浑身一阵阵刺痛，仿佛真的有千万把利剑一起刺向了我。我的心开始滴血，一滴一滴，一股一股，那么真实，真实得我都害怕自己的心脏会马上停止跳动。

我镇定了一下，坚定地对漂亮女孩说："我真没有偷过你的书，你们冤枉我了，我看的是自己的书"。

领头女孩瞪大了眼睛，向我靠近了一步，双手从胸前放下来，左手叉腰，右手指着我，吼道："冤枉你？那你说你中午看的那本书叫什么名字？"站在两边的几个小男孩不知道是为了讨好他们的头领，还是他们也想知道我看的到底是什么书，纷纷附和着嚷嚷："说呀，说呀"。

我额头上不知道什么时候已经渗满了汗水，刘海无力地服帖在我的额前。我觉得自己的思维变得好迟钝，我怎么也想不出如何来回答这个问题，因为我根本不认识那本书封面上印着的那几个字，我只认得弟弟小学语文课本上的"人"、"口"、"手"……这几个最简单的字，还是妈妈一遍一遍教给我的。

我该怎么办？我该怎么办？我要是能认识那几个字，让我做什么我都愿意。十六只眼睛盯着我，我感觉自己脸上火辣辣地疼，但我还是想尽力证明自己的清白，我深吸了一口气，鼓足全身的力量，大声地对他们说："我真没有偷书，不信你们可以搜"。

小伙伴们仿佛事前早已计划好了一切，我话音刚落，领头女孩就挥起她那粗壮的胳膊，示意其他人动手，六个男孩子一拥而上，个子最小的那个单膝跪在地上，把小小的脑袋整个伸到了床底下，戴眼镜的小男孩拉开桌子上的两个抽屉，细细的胳膊就在里面胡乱翻腾了起来，还有的抱起我床头的那几本书摔在地上，然后蹲下去，一本一本检查。我的心就像这被翻腾的屋子一样乱糟糟的，随即一点一点沉下去，我觉得窗外好像下起了小雨，淅淅沥沥，转瞬就变成了豆大的雨点，噼里啪啦地砸在我的心上，那么用力，那么疯狂，那么肆虐。

"强盗、坏蛋，你们都是坏人，比电视里的坏人还要坏！"我坐到小板凳上往门口快速挪去，只想赶紧逃离这间屋子。

我刚在楼道外面的台阶边坐定，突然感到后背上猛地增加了一股强大的推力，还没等我反应过来，我整个身体已经脱离了小板凳，向前倒下去了。惊慌失措中，我重重地摔倒在台阶上，顺着台阶滚落了下去……我不知道发生了什么事，脑袋里空白，麻木。

趴在地上，我感觉很难受，全身的酸痛不知道从什么时候转为了疼痛，而且越来越清晰。每痛一下，我都不由得皱紧眉头，嘴里发出"哎、咝"的呻吟声。我害怕，害怕疼痛就这么发展下去，一直到我无法控制；我害怕自己再一次被送进充满刺鼻药味儿的医院，任凭注射器尖锐的针头在我的皮肤下艰难搜寻……那几根并不清晰的血管。

再委屈也不能哭

"我一定不能哭!"这么想着,我就愈发地紧张起来,楼道里每一个轻微的响动都会让我条件反射似地转过头去,我感觉一张无形的网在蹑手蹑脚地向我靠拢,我的心脏剧烈地跳动着,仿佛马上就要跳到喉咙口了。汗水像断了线的珠子一颗一颗往下掉,但我不敢擦汗,甚至不敢大口呼吸,我把所有的注意力都投向背后那个幽黑的楼道走廊,我担心再有什么我无法控制的状况发生,而这对我来说都是极度的危险。

时间一点一点滑过,我内心凝固的紧张也被空气中一股一股的热浪慢慢融解掉,但我的心绪却平静不下来,逐渐隐去的紧张很快就被满满的委屈所代替,霎时眼泪就开始蠢蠢欲动,为什么小伙伴的世界里有那么多的开心和乐趣,而我的世界里却只有默默的悲伤和数不尽的担忧?我很想大哭一场,倒空我心里所有的委屈,然后再装满属于一个孩子的快乐和欢笑。

楼道里阵阵低低的、若隐若现的嬉笑声和互相推搡声把我一下子从悲凉的情绪中拉了出来,尽管我的血液里淌满了委屈和不满,但我突然意识到:我不能哭鼻子,否则这些小伙伴会更加笑话我的,他们一定会觉得我是个胆小的孩子。这么想着,我感觉自己僵硬的身体好像变得柔软了些,内心不再像一团乱麻一样纠结在一起。

"如果我哭了,那他们会更得意的。你们越是想把我弄哭,我就偏不哭。"这个想法倔强地浮现在我的脑海里,侵占着我的思维。这就是我幼小的心灵所能想到的反抗小伙伴们的唯一的方式。

可是,我还是明显感觉到自己小小的肩膀,在抑制不住地抽动,鼻子一阵阵酸楚，周围的一切变得越来越朦胧。信心和勇气急速地退去，我几近绝望地对自己说："完了，我怎么这么不争气，说好不哭的，怎么还是这么想流泪？"

我仰起头，也许这样可以让满眶的眼泪不掉下来，可就是这么一抬头，刺眼的阳光让我的眼睛不由得眨了一下，两道泪水立即穿透我的睫毛，流进了我的耳朵里，一如我的心，潮湿而苍凉。

吃晚饭的时候，爸爸拉着弟弟在厨房里洗手，妈妈系着围裙，把菜和馒头从厨房里端出来，又转身准备去厨房端小米粥，进厨房之前，妈妈习惯性地望了望我，看到我坐在饭桌旁边，眼神呆呆的，一动也不动。妈妈觉察出了我的异样，坐在我身边的板凳上，摸了摸我的额头，又摸了摸自己的额头，关切地问我怎么了，是不是身体不舒服。不知道为什么，妈妈这么一问，这么久以来我用尽所有努力压抑的情绪全体释放了出来，委屈、无助、气愤、恐惧、绝望，聚集成一股强大的能量，奋力地撞击着我的眼睛和胸腔，我再也没有办法控制住自己的眼泪，趴到饭桌上，"哇"的一声大哭了起来……

爸爸听到了我的哭声，顾不上满手都是香皂泡沫的弟弟就立即奔出了厨房，院里的叔叔阿姨也都围了过来，纷纷问妈妈发生了什么事。

妈妈知道了事情的原委后，非常气愤，脸涨得通红，嗓门本来就大的妈妈声音更加的响亮："夏娟，你怎么不早告诉爸爸妈妈？谁欺负我的女儿，我都不答应！"妈妈心疼地给我擦干眼泪，"腾"地转过

三周岁留念

身,大踏步地去找欺负我的那些孩子的父母,妈妈不允许任何人欺负她的女儿,绝对不允许! 妈妈要用她的方式保护她的女儿!

我的生活恢复了平静,院里的小伙伴们再也不来欺负我了。

傍晚,我像往常一样,坐在家门前的小板凳上。

放学了,漂亮女孩背着书包,慢慢走到我身边,蹲下身来,握着我的手,眼睛里含着笑,温柔地对我说:"夏娟,我知道你没有偷我的书,今天上课的时候,老师刚把那本书发给我",说着,漂亮女孩不好意思地低下了头,"夏娟,我希望能和你成为好朋友,你愿意跟我在一起玩吗?"

望着漂亮女孩真诚的眼睛,泪水再一次蓄满了我的眼眶,很快就滑落在我的脸上,这原本应该是幸福的眼泪、快乐的眼泪呀,我做梦不都是渴望着能有小伙伴来和我玩吗? 可是为什么,我的心里却这么难过?

我多么渴望上学

我坐在铺有凉席的床上，小小的身体紧紧贴到墙壁上，一丝凉意从后背传来，迅速地钻进我的身体里，又立即消失得无影无踪。

洁白的月光透过半掩的窗户洒进来，我的内心并没有因为"偷书"真相的揭露而平静，我很想知道小朋友为什么不带我一起玩，为什么这么对我？而这个疑问就像海浪一样，一波一波地漫过我的心绪。

我把目光投向自己的双腿，左腿比右腿短了一大截，也细弱很多。左脚毫无力气地倒向外侧。没有了脚后跟的支撑，右脚的五个脚趾头齐齐地朝空中翘着，脚面上还残留着 4 岁时被炕火烧伤的痕迹，显得那么狰狞、可怕。我的心狠狠揪了起来。我从来没有如此仔细观察过自己的脚，我只知道自己站不起来，和别的孩子不一样。我从来没有发觉原来自己的腿、脚是那么地难看，我恨不能找个什么厚实的东西把自己的腿和脚牢牢包裹起来，再也不让它们难看的样子呈现出来。

我想把腿蜷起来，这样可以使我整个身体距离墙壁近一点。右腿灵活地缩了回来，可是左腿却不听使唤，我咬紧牙，使劲儿，再使劲儿，左大腿的肌肉隆了起来，可是小腿怎么也拖不回来。无助和害怕围拢住了我，我居然连自己的小腿都控制不了，我使劲儿掐了一下自己的左小腿，也许身体的疼痛能稍稍冲淡内心的无助……我居然没有一点痛觉！原来它早已和我断开了联系，它已经不完全属于我。我紧紧抱住右腿，我好害怕这一条腿也不再受我控制。

原来我真的和别的小朋友不一样！不，我要和小朋友一样，我要！小朋友上学，我也要上学，如果我也上学了，我认识了好多好多的字，那

么小朋友是不是就再也不来欺负我了。对,我要上学去!

我突然被自己的这个想法吓住了,不由深吸了一口气。我的身体微微颤抖了一下,所有的不快顿时没了踪影,我竟变得激动起来,心跳一下子快了许多,全身的血液忍不住翻涌了起来。我觉得自己像是发现了一个别人都没有发现的秘密,我觉得自己好伟大,竟然想出这么好的主意。巨大的欣喜涌上了心间,轻揉着我的心脏,痒痒的,热热的,然后又穿过血管和神经,拉动我的面部肌肉,我居然"格格"地笑了出来,声音很低,但却充满了无穷的力量,越过窗户,在院子里轻轻流淌着……

天还没有亮透,我却早已躺在床上睡不着了。我坐在小板凳上,静静等待爸爸妈妈起床。虽然清晨的空气有些凉,但我却感觉胸中像是有一缕火焰在燃烧,焦急、欣喜、激动、交织在一起,搅动着我的心。

"吱呀"一声,妈妈的房门打开了,就在那一刹那间,我感觉到了从未有过的兴奋和力量,我相信只要我对妈妈说出"妈妈,我想上学去"这句话,我的生活就会完全改变,虽然我不知道那种改变是什么,但我想那一定比过年爸爸妈妈给压岁钱还要让我快乐。

妈妈的头发稍微有些凌乱,打了一个哈欠,看到我穿戴整齐地坐在门口,妈妈显得有些意外:"夏娟,怎么这么早就出来了? 早晨外面凉,还是到屋里去吧。"说完,妈妈就径直走进了几米之外的小厨房。

我借助于小板凳挪进了厨房,妈妈正在往锅里加水,准备一家人的早饭。我感觉心"怦怦"地急速跳动着,喜悦还在不停地膨胀。我想妈妈知道我的想法后一定会和我一样高兴的,于是清脆地对妈妈说:"妈妈,我要上学去。"听到我这句话,妈妈倒水的手突然停了下来,不知道是对我出现在厨房里感到意外,还是对我说出的这句话感到诧异,妈妈抬头看了看我,但很快收回了视线,又低下头继续往锅里添水。水汽充盈在我和妈妈之间,我看不清妈妈的表情,我与妈妈之间无声的沉默让我心里的欣喜也缓缓回落、下沉……

也许妈妈现在急着给家人做早饭,没有时间来回应我,等妈妈把饭做好之后,我再跟妈妈说吧。这么想着,我安静地挪到了厨房外面。

扶着墙壁央求妈妈

　　早饭开始了，我握着手里的半个馒头，抬头轻轻看了看妈妈，妈妈正在盛饭，眉宇之间是那样地舒展和宁静，没有一丝波澜，妈妈并没有要回答我的意思。我心里的疑虑越来越浓，早上起床时的那份兴奋也随着妈妈的沉默变得越来越轻、越来越淡。

　　闹钟指向了七点半，爸爸把弟弟放在了自行车前面的横梁上，嘱咐完我一个人在家要小心后，就跨上自行车，朝着弟弟学校的方向骑去。妈妈正忙着刷碗，我突然有了一种紧迫感，感觉身体里有什么珍贵的东西正在像流沙一样，从指缝间漏掉，我平日里的安宁和乖巧也仿佛跟我划清了界限，我的耐性降到了最低点，我等不及妈妈中午下班回来，直接脱口说出："妈妈，我想上学去！"

　　妈妈依然没有说话，甚至都没有再看我一眼，但我分明感觉到妈妈的眉头微微皱了一下，刚刚消失的激动像流星一样又在我的心头滑过，我不再那么焦急，感觉时间也仿佛慢了下来。

　　妈妈把洗好的碗筷放进了橱柜里，用挂在门后的毛巾擦了擦手，来到我身边，把手轻轻地放在我的头发上，很严肃地对我说："如果你正坐在教室里上课，你想上厕所了，怎么办？"

　　我忽然怔住了，感觉有谁在我的头顶用力地捶了一下，我一时不知道如何来回答妈妈。我只知道我和小伙伴的区别是……小伙伴可以走路，而我不可以，我怎么从来就没有想过自己大小便也不能控制呢？我的心像是被绑上了一块大石头，沉没在妈妈的话语里，我只能静静地看着妈妈上班离去。

我已经十一岁了,可还穿着开裆的裤子。

上学,读书,真的不可能了吗?可这对于我来说,又多么具有诱惑力啊!我仿佛听到一个神秘的声音在心底一遍又一遍召唤着我:"来吧,快来吧,这里有一个无比奇妙的世界。"我无力抗拒,也不想抗拒。妈妈担心我在教室里没有办法大小便,那我去学校之前就不喝水,我吃很少很少的饭,只要我能像其他的小朋友一样可以到学校去读书。

内心再次翻腾起来,便再也没有了宁静。我从来不知道一个上午的时间会有这么长。我从屋内挪到屋外,再从屋外挪到屋内,总觉得时间仿佛被压上了重重的壳,每过一秒,都是那样地沉重。

妈妈终于下班回来了。妈妈推开了屋门,身体还没有完全进到房间里,我的两片嘴唇就迫不及待地分开了:"妈妈,我想去上学,行吗?"

妈妈停在了门口,定定地看着我,接着又把目光从我身上移走,妈妈的眉头收拢了起来,我感到了一丝满足,因为妈妈终于关注我这个问题了。我害怕妈妈再因我无法上厕所拒绝我,没等妈妈开口,我就抢先说:"妈妈,我去学校之前不喝水,少吃点饭,这样我就不用半晌的时候去厕所了。"我还想说点什么,好让妈妈相信我真的可以在上课的时候不去厕所,妈妈走到我身边,抚摸着我的小麻花辫儿,好像已经考虑了很久似地对我说:"不是妈妈不让你去上学,实在是放心不下,你和别的孩子不一样,说上厕所就得马上去,你看看有哪个女孩儿像你这么大了还穿开裆的裤子。"

妈妈深深叹了一口气,就转身去隔壁屋里换拖鞋去了。妈妈的背影好像具有强大的引力,我的身体离开了床,一种无形的东西在由清晰逐渐变得若隐若现,我焦急地从床上滑落下来,我顾不上再坐上小板凳挪到妈妈房间里了,我扶着墙壁,身体摇摇晃晃,就像一个刚刚学步的婴儿,不知道先迈出哪只脚,不知道脚下该用多大的力量,好像随时都会摔倒,我感觉周围的一切都在剧烈晃动着,头也眩晕起来。

但这丝毫不能阻止我一步一步靠近妈妈的房间,也许……妈妈还是不说一句话,也许……妈妈还是会深深叹一口气,也许……妈妈不会再看我一眼,甚至……妈妈会立即转身离开,但是,没有关系,妈妈不同意,我就这么一直跟着妈妈,妈妈走到哪里,我就跟到哪里,只要我还有力气,只要我还能说话,我会一遍又一遍地对妈妈说:"妈妈,我想上学!"直到妈妈点头,直到妈妈同意。

父母终于决定让我上学

　　吃过晚饭，爸爸并没有离开饭桌，而是掏出火柴，点燃了手里的烟，猛吸了一口，接着就有缭绕的烟圈从爸爸的嘴里冒了出来，爸爸的眼神有些迷离，一直注视着脚下不远处的地面。我不敢惊扰这种氛围，因为我隐隐觉得……爸爸的静默、爸爸的双眉紧锁，一定与我有关，我感觉到心里有个小火苗正在悄悄被引燃。

　　爸爸把没有吸完的烟头掐灭，对还在忙着清洗的妈妈说："既然夏娟想上学，那就让她去吧，明天我找后院的董校长商量下，顺便再给她大姨夫捎个信儿，给孩子做副拐杖，这样我们俩还放心些。"

　　爸爸的话好像是一把干柴，搭在了我的心坎上，我心里那个小火苗"腾"地一声蹿到了喉咙口，我觉得自己整个身体仿佛被燃烧了起来。

　　隐隐地，好像有谁在我的耳边发出了一声长长的"嘘"，我身体内的喜悦和激动立即沉寂了下来，一丝紧张悄悄流窜于我的心间，我轻轻望向妈妈，我不知道妈妈会如何回应爸爸的话，妈妈还会继续保持沉默吗？

　　爸爸的话好像并没有扰乱妈妈的节奏，妈妈依然在低着头清洗着手里的盘子，但妈妈的动作里有一种宁静和安详慢慢散发出来，这让我的心也跟着平静下来。我的目光刚从妈妈身上收回，妈妈的声音就飘到了我的耳边："行，明儿跟董校长好好说说吧，这妮子都缠了我一整天了，再不答应她，我晚上估计都别想睡觉了，真没看出来，这小妮子还真有股子倔劲儿。"

　　我的心早就随着妈妈的话语飘了起来，我的身体立刻变得不安分起来。我第一次感觉到，身体陷在小板凳里是这么地难受，我很想站起来，哪怕只有这一次。我要用最快的速度在院子里奔跑，双手在嘴边围成喇叭，边跑边喊："我要上学了!"我用力往前倾斜着身子，用力往上挺，仿佛这样做我就真的可以站起来。

心里的激动和兴奋交织在一起，不停地往上涌，我感觉自己的身体陡然膨胀了起来，兴奋透过毛孔溢了出来，又沿着皮肤的纹理一泻而下，我觉得全身好像跑满了小蚂蚁，刺刺的，痒痒的，但又非常舒服、非常畅快。

我的心早已经按捺不住，飞了起来，浑身的血液都不安分起来，蹦跳着，牵扯着。我忽然感觉周围的一切变得不那么真切，自己仿佛置身于一个既熟悉又陌生的空间，爸爸妈妈距离我是如此地近，却又是如此地远。我的嘴唇不由地抖动起来，我找了一个很好的方式来掩饰我内心的喜悦和动乱——回到自己的房间。

坐在床上，我没有开灯，因为我感觉只有在黑暗里我才能任由自己的那份狂喜随意流淌出来，不加任何掩饰。我真的要上学了吗? 这是真的吗? 这样的场景，这样的感觉我在梦里曾经历过无数次。

我轻轻揪住脸蛋，渐渐增大力气，疼痛感越来越清晰，这是真的，原来疼痛也可以让人感觉到幸福啊，我又把手伸向了自己的脸蛋，想再一次体验一下"疼痛感"带给我的那份喜悦和激动。

我再也不用坐在小板凳上了，我终于可以和小朋友一样了，我也可以带上鲜艳的红领巾了。电视里的小朋友戴着红领巾，可神气了，每看到这样的一幕，我都充满了向往和期待，我多想也能和小朋友一样胸前飘扬着鲜艳的红领巾，然后把右手高高举过头顶。

我的右手就像一个木偶，被我的思维牵引着，高高举了起来。不对，电视里的小朋友都是站着行礼的，我不可以坐着。这么想着，我的身体就像是被操控着一样，缓缓离开了床，紧贴着床沿，我……站立了起来。虽然我的身体一下向左边倾斜，一下又倒向右边，一下又向前面扑去，但我还是……站了起来。

全身的力量像接到命令一样，汇聚到了右手臂，我的右手顺利地举

17

过了头顶。这一刻,我感觉自己的身体慢慢在向下沉,周围的空间在不停扩张,我仿佛站在了一个舞台上,舞台上有美丽亲切的老师,还有许多许多小朋友,我们整齐地站在一起,注视着冉冉升起的五星红旗,同时把右手高高举过头顶……

第二章

让人尴尬的小学生活

　　痛苦就像是一江春水，虽然会蜿蜒进我们的生命，但是却不会渗透，只要我们具有傲霜凌寒的姿态，痛苦就会马不停蹄地奔流东去。

新奇的上学路

1992 年夏末的一个清晨,是我人生之中第一个重要的转折点,爸爸要送我去上小学。

那天,吃过早饭,心急的我早背上了妈妈昨天给我买的新书包,书包是粉红色的,这是我最喜爱的颜色。书包很轻,里面只有一个田字格本,一个白纸本和一个文具盒。我一想到一会儿到了学校,老师就会给我发好多好多的新书,我的书包就会鼓起来,我的心就止不住地激动起来,我总觉得学校里的老师和同学们都在等着我的到来,我甚至听到空气中传来一阵阵若隐若现、热情洋溢的掌声。

爸爸先把大姨夫给我做的木头拐杖和一个高高的方凳子夹在了自行车的后座里,然后把我抱起来,小心地放在了自行车前面的横梁上。我紧紧抓住自行车的车把,一点都不敢松开,我的神经绷得紧紧的,不敢大口呼气,我担心自己一不小心就会从横梁上滑下去,或者和自行车一起倒下去。我整个人好像是一个雕塑,我的眼前只有手里紧握着的自行车车把。

爸爸对妈妈说完"我们走了啊",自行车的支架就被爸爸用脚踢到了后面,我的整个身体猛地抖动了一下,我把车把抓得更紧了,手心里开始发热,潮潮的,还有些疼。妈妈好像突然想起了什么,快速走到我和爸爸面前,对我说:"夏娟,记着,要是想上厕所了,一定提前告诉老师,别尿到裤子里。"

我用力而快速地点了下头,对妈妈说:"嗯,妈妈,我知道了。"为了让妈妈放心,更为了我能早一分钟到学校去。

爸爸骑上了自行车，我就看到院子里的梧桐树和那一排整齐的小厨房都快速往后退去，清晨的微风携带着一丝凉意，温柔地吹在我的脸上，仿佛在给我鼓劲儿，又仿佛在欢送我。我感觉身体内瞬间蓄满了无尽的能量。

出了家属院的大门，爸爸就载着我向右拐去，路上的行人很多，随时都可以听到自行车提醒路人的"叮铃铃"的响声，那么地清脆，那么地悦耳，我感觉自己就像是一只飞出笼的小鸟，快乐极了。

不一会儿，我和爸爸就从人流中分支出来，拐进一个狭窄的街道里，这条街道上明显冷清了不少，偶尔会有一辆自行车从我和爸爸身边越过。我好像从一个喧闹的乐园突然掉进了一个寂静的村庄，不知道这是怎么一回事。我扭头看了看爸爸，爸爸的眼睛直视着前方，那么自如和平静，爸爸的表情告诉我，我们并没有走错方向。

正在我疑惑不解的时候，我发现街道两旁有几个叔叔阿姨都停下了手里正在忙乎的活儿，把目光投向我和爸爸，一边看还一边小声议论着什么。我感觉心脏开始加速跳动，脸颊也微微发热，喜悦和激动把我心里的疑虑一扫而光，我发现叔叔阿姨竟然在对着我微笑，是那种很善意的笑，让人感觉很温暖的笑，我想叔叔阿姨一定注意到了我背着的书包，叔叔阿姨一定知道我要去上学了。这么想着，我就更加高兴了，我把目光迎上去，心，美美的，犹如一朵还带着几颗晨露的花蕾，在叔叔阿姨的注视和温暖下，悄悄绽开花瓣，释放出沁人的清香……

爸爸的速度逐渐加快了一些，也许距离上课的时间不多了，街道两旁的房屋以更快的速度后退着；而我，感觉自己的身体变轻了很多，好像马上要飞起来，飞到辽阔的天空中。我很喜欢看叔叔阿姨那蓄满善意的眼神，我在快速移动中还努力搜寻街道两旁注视着我的眼睛，这些眼睛好像都在对我说："夏娟，到学校了要好好学习，要听老师的话。"

"叔叔阿姨，我一定好好学习！"我想大声喊出这句话，可是我不知道该用多大的声音，多大的力度，才能把这句话从我的嘴里送到空气中，再传到叔叔阿姨的耳朵里。

这时听见爸爸对我说："夏娟，咱们马上就到了，前面那个胡同就是

东街小学。"随着爸爸的声音,我睁大了眼睛,握紧了车把,不知道是紧张,还是激动,我感觉身上在发热,一阵一阵的。

我就要到学校了!

茫然的我，什么也不会做

今天已经是我上学的第九天了。

我以为当老师把我正式介绍给同学们之后，我的眼前会绽放开一张张热情洋溢的笑脸，然后我的两个小酒窝就会清晰地浮现在我的脸上。可是，自从第一天进入教室，我的心就好像被什么东西挤压着，不能舒展开来。隐隐的弹跳中，夹杂着清晰的、连绵的刺痛。我坐在小板凳上，憧憬的那幅美丽的校园画面……由彩色慢慢褪变成了灰白。

教室里没有多余的空位留给我，我被安排坐在了老师讲课桌的外侧……背对着教室的门口，这让我感觉……我和同学们好像并没有在同一个世界里，同学们的世界里充满了欢乐和嬉闹，而我的世界里却安静得让人害怕，一张巨大的、厚重的网不停地交织、扩张，直到把我紧紧缠绕住。

同学们踊跃地把数学作业本交到了课代表手里，而我悄悄合上了我的作业本，一种无助的感觉在我的心底悄悄升起，我以为老师出的数学题会简单很多，可是，我居然一道也不会做，我的大脑就像我的作业本一样，空荡荡的，心里却堵

小学五年级毕业时和冉美香、吕志芳两位老师的合影

得发慌。

"小瘸子，不会写了吧？比我还笨蛋。"一个头发乱乱的男同学侧歪着头，双手支着课桌，"噌"的一转身，一屁股坐在了我的课桌上，两条腿在空气中不停地摇晃着。

我感到一阵战栗，脸开始发热，羞愧让我的心跳止不住地狂乱起来。也许我真的是班上最最笨的学生，黑板上的数学符号像是一把巨大的铜锁，把我的思维牢牢封锁住。

也许我的沉默激惹了他，男生的目光在我的课桌上扫视着，透着一股气愤，又似乎有些不耐烦，像一只饿极了的猛兽。我的身体猛地一哆嗦，不由得打了一个冷战。男生的目光一亮，一把抓住我那块洁白的、还带点微香的橡皮，迅速地塞进了他的嘴里，大口嚼了起来。我的心仿佛和橡皮融合在了一起，被男生那两排锋利的牙齿肆意啮咬着，粉碎着。

整块的橡皮顷刻之间变成了碎末，从男生的嘴里喷射出来，一团湿湿的、黏黏的东西喷溅在了我的脸上，我本能地闭上眼睛，一抹苦涩在心底掠过。这就是我一直憧憬和期盼的学校吗？这就是我一直想要的同学吗？为什么我上学了，可我还是和别的小伙伴不一样？为什么？为什么？

我的身体刚离开凳子，男生就把双脚飞速移到了凳子上，狠狠地踩在了上面，前后左右不停地摇晃起来，嘴里还吹着口哨，带着嘲笑和挑衅。

急促的上课钟声一阵阵传来，男生猛地从桌子上跳下来，快速跑向自己的座位，我的心松动了一下，好像卸去了一个背负已久的重物。

无助和失望在我心里疯狂乱卷着，我感觉自己像是一只被送上案板、等待宰割的羔羊，面对屠夫那把渐渐逼近的寒刀，除了发出几声低低的、无望的呻吟声，再也没有其他办法。

我机械地往凳子上坐下去……

"啊！"我的身体刚刚接触到凳子，就失去了重心，摔落了下去，我本能地去抓身旁的拐杖，惊乱中，我和拐杖，随同我的板凳一起掉了下去，犹如摔进了万丈深渊。

我的身体倒在了杂乱的木棍儿堆上，左胳膊传来一阵刺痛，我下意识地用右手捂住左胳膊疼痛的地方，紧紧咬着牙齿，疼痛占据着我所有的感觉，我无法动弹，刚刚安静下来的教室又炸开了锅。语文老师冉老师出现在教室门口，看到我坐在散了架的板凳上，立即大步走到我的身边，蹲下来，把教科书扔在地面上，心疼地问我："夏娟，有没有伤着？"

我压着疼痛的部位，用力挤出几个字："老师，我……没……事儿，不……疼。"鼻子却酸楚得难受，教室里的一切在我的眼睛里连成了模糊的一片。

借助老师手臂的力量，我挣扎着站了起来，才发现凳子散落下来的一条木腿儿上，有颗钉子露了出来，在我的左手臂上划出了一道狭长的血印。

老师的目光带着疑问，在同学们的身上来回巡视着，像是在寻求我的凳子无缘无故散架的原因。同学们没有了任何声响，纷纷躲开老师的目光，沉默在教室里静静地流窜着，波及着，无声无息……

教室里,我是被遗弃的孤岛

教室里很喧闹,不知道同学们在谈论什么。我静静坐在讲台下面这一片狭小空间里,默默聆听着同学们的欢声笑语。这些属于童年的欢乐,我看得到,我听得到,可是却触摸不到。

我感觉自己像是被遗弃在一个荒岛上,除了周围静静流动的空气,再没有任何东西和我有关联。如果我不是感觉到自己的胸部还在有规律地起伏,我都怀疑自己是一个透明的人。我坐在同学们的面前,但同学们却丝毫没有意识到,他们的表情告诉我……我好像并不存在。没有一个同学把目光停留在我的身上,哪怕只是从我的身上轻轻掠过,更没有同学注意到我期待的眼神和我那微微分开的嘴唇。

教室里的欢笑幻化为一缕轻烟,缭绕在空气中,可是,我的身体仿佛被什么东西牢牢凝固住,面部的肌肉变得僵直,无论我怎么用力,嘴角都无法上扬。我把目光投递出去,我急切渴望着与同学们的目光交汇,哪怕只有短短的一霎那。可是,我的眼睛从一个同学身上,转到另一个同学身上,却没有一个同学的目光迎上来。我把目光收回,转向黑板,在同学们快乐的笑声里,两行热泪冲破我的睫毛,淌了下来。那个小小的心愿,终于耗尽了最后一点气力,湮灭在了同学们对我的无睹和忽视里。

早上七点四十分,妈妈推开我房间的门,准备送我去学校。看到我的文具盒和课本还散放在桌子上,书包的拉链也敞开着,妈妈有些着急地问我:"夏娟,怎么还没有收拾好,上课就要迟到了。"由于焦急,妈妈的声调比平时高出许多。

我低着头,不敢看妈妈的眼睛,白衬衣的衣角在我的手里不停地被卷曲着，我的心里好像有一个小鼓在"咚咚咚"敲着。我小声地说："妈妈，我不想去上学了。"快速吐出这句话，我把头压得更低了。我不知道妈妈会怎么回应我。还不到半个月我就不想上学了，妈妈会不会对我很失望？

也许是时间不多了，妈妈并没有多说什么："就要迟到了，先去学校吧。"妈妈的语气不容抗拒。

"嗯。"我乖乖地应答。每当妈妈的语气严肃而凝重时，我唯一能做的就是顺应。我把文具盒和课本整齐地放进书包里，然后再快速地拉上书包的拉链，挂着拐杖，跟着妈妈走了出去。不知道为什么，妈妈没有立即回应我，确切地说，妈妈没有立即答应我不去上学，我的内心竟感觉到一种轻松。

我坐在自行车的后座上，左手提着拐杖，右手绕过妈妈的腰。不知道是不是因为妈妈的力气比爸爸小些，妈妈好像有些费力地蹬着自行车，街道两旁的房屋在慢悠悠地倒退着，像是一只只负着重荷的蜗牛，缓慢而没有力气，我没有了那种想要飞上蓝天的冲动，我的身体变得沉重，提着双拐的手也不由得垂了下去，拐杖和地面断断续续地磕碰着。

今天也许是我上学的最后一天，从此以后，我再也不用受男同学的欺负了，再也不用害怕同学们把我当做空气了。可是，这些想法依次浮现在我的脑海里后，我的心并没有解脱的感觉，反而有一些惊慌，有些落寞。

也许，从明天开始，我又要每天坐在小板凳上，默默注视着院里的小朋友欢唱着跑向学校；也许，我又要眼睁睁地看着爸爸把弟弟抱上自行车，而我，只能挂着拐杖，默默站在一边，无论心里有多么羡慕，那个位置再也不属于我。老师亲切温和的笑容、教室里面琅琅的读书声、看到院里的小朋友就油然而生的自豪感，所有这一切都将从我的生命里隐退。我的生活将归于沉寂，犹如一片荒野。想到这儿，我的心狠狠一揪，我突然害怕起来。

我用力地摇了摇头，手把妈妈的腰搂得更紧了。在我的前方好像有什么东西在发光，一眨一眨的，让我忍不住地抬头，搜索着学校的方向。

我尿裤子了

"当,当,当"下课钟声响了起来,欣喜和兴奋立刻涌满了我的胸腔,我觉得自己好像一只小鸟,扑棱着翅膀,即将冲向云端。可是,老师好像并没有要下课的意思,神态和语速与敲钟前没有什么差异。盼望下课的念头犹如一匹脱了缰的野马,疯狂撞击着我的思维和意识,集中了一节课的注意力沦陷在老师的拖堂里。

无奈中,我只有在心里默默祈祷,但愿老师能听得到我的心声,赶快下课,因为我要上厕所。虽然身体还没有太强烈的感觉,但是根据我上厕所的时间规律,我最好能去趟厕所,否则,我是否能坚持到再次下课,课堂上会发生什么,我无法预料,也不敢去想象。

终于,老师合上了课本,留完作业后,走出了教室。我的身体也随着老师的离去渐渐松弛下来,冲到嗓子眼儿的一股气也慢慢回落下去。

我要不要去厕所呢?如果我现在去,下节课肯定会迟到,我不想看到老师和同学们把目光齐聚到我身上,集体注视我迟到,我更不想漏掉老师在课堂上讲的每一句话,我只想缩小和同学们之间的差距。

激烈的思想斗争后,我决定原地不动,再次下课时,我会以最快的速度走向厕所的。我抱着一丝侥幸,自我安慰着。

妈妈说,我刚出生时做的那个手术损伤了我腰部的神经,所以我不能像别的小朋友那样控制大小便。虽然我还不太理解妈妈说的这个手术到底是怎么回事,我只知道,别的小朋友上课的时候想上厕所了,可以憋着,而且一直可以憋到下课,下课铃声一响,小朋友们不慌不忙地走向厕所,也不会尿湿裤子。而我如果感觉到了尿意,必须立即解决,无论我怎么用意识控制,都无法像其他的小朋友一样。我总觉得自己好像缺少了某种能力,一种人人都应该拥有、而我却没有的神奇能力。

上课钟声响了,我和其他同学一样,挺胸抬头,双手背在身后,俨然一排排纪律严格的小战士,只听见粉笔在黑板上快速划写的声音。突然,一种不安的感觉溜进我的意识,我担忧的事还是发生了,如此快地发生了——我感觉到了尿意,这种感觉逐渐清晰,我的恐慌也越来越强烈,我的注意力再也无法集中到老师身上,我甚至能感觉到自己的身体开始微微发抖。

我本能地把双腿靠拢,用力往中间挤,全身的力量都汇集到了我紧贴的大腿上。多希望能有一股神异的力量,让我奇迹般地控制住自己的尿意,哪怕只有这一次,我也会感激不尽。我请求着,恳求着,哀求着,我愿意用身体上加倍的疼痛,来换取这一次的平安。

我放慢了呼吸。我担心正常的呼吸,会把身体内不安分的尿液压出体外,我拼命转移着自己的注意力,也许这样做可以让自己的尿意减弱一些,也许自己的身体真的可以平稳一些。可是,没有用!肚子憋涨得难受,仿佛尿液已经被我压缩成了一根根锐利的小针刺向我的腹腔,一阵接着一阵,我感觉自己的身体仿佛马上就会被刺得千疮百孔!

我不知道该用什么办法才能让自己不这样难受,我不知道谁能来帮帮我,让我的身体能舒服一些,只要比现在稍微舒服一点点就够了。我所有的意志力都在和尿意顽强抵抗着,挣扎着。我后悔自己没有在下课的时候去厕所。如果现在坐在我身边的所有同学包括老师都能突然不见了,教室里只剩下我一个人,那该多好啊!

憋涨的感觉又肆虐地冲进了我的意识,霸道而蛮横,血液直冲向我的头顶。我觉得自己的能量已经耗尽,我再也无力抵抗,无论我多么想战胜尿意,我终究还是控制不了它,我没有那种神奇的力量。再抵抗下去,再坚持下去,我觉得我会痛苦地喊出声来,我会流泪,我会窒息。我无力而无奈地松开紧贴在一起的双腿,身体停止了颤抖,一股暖热的尿液倾泻而下,湿热的感觉顷刻之间传遍了我的双腿。

无法掩饰的尴尬

　　我黯然地闭上眼睛，失望和无助轮番袭击着我。耳边传来下课的铃声、老师和同学们的说话声、脚步声，我突然觉得自己的感觉有些麻痹，听不清大家在说些什么，或者说是我不愿去分辨，没有心情去分辨。

　　虽然我穿的裤子是蓝黑色的，同学们不注意的话，是看不出来我的裤子湿透了，可是，我脚下的水泥地面是无法掩饰我的尴尬的，从我体内冲出的那股湍急的尿液使我确信……地面上已经留下了尿液的痕迹。我缓缓低下头，把视线移向我凳子下的地面，内心翻卷着无尽的惶恐，我害怕自己看到的是大面积的尿液，我害怕身边的同学注意到我尿湿了裤子，然后投递给我耻笑和嘲讽的眼神。

　　我的视线继续下移着，我祈祷着，祈祷冥冥之中所有神灵的相助。

　　映入我眼帘的尿液面积并不是很大，我长长地舒了一口气，好像摆在自己眼前的一个危险突然消失了，我化险为夷了！幸亏老师把我的位置调到了同学中间，要是还坐在老师讲课桌一侧，众目睽睽之下，再小的尿液痕迹也逃脱不了同学们的眼睛。

　　我把凳子往后移了移，双脚踩在了尿液的痕迹上，这时，我的心才稍微踏实了一些，尽管裤子已经湿透，服帖在腿上非常地难受，但我的内心还是隐隐感觉到了一丝庆幸，庆幸自己坐在同学们中间，庆幸地面上的尿液面积不大，庆幸目前为止，还没有一个同学发现我的尴尬。

　　突然，我的后背被谁用笔轻轻戳了一下，我回过头去，是后桌的两个男生。他俩一脸的坏笑。我突然有了一种不祥的感觉，心跳猛然增快，好像自己做错了什么事情，已经被当众揭晓。

"他刚才说闻到了你身上有股尿骚味儿。"坐在我斜对面的男生边笑,边用笔指着他的同桌。

"我可没有说是你身上的味道啊,我只是说你周围有股尿骚味儿。"男生有些不好意思,但语言中透着一种坚定,不容置疑。

我的脸"刷"的一下开始发热,我快速扫视了周围其他的同学,不知道他们有没有听到刚才这两个男生对我说的话。我只想着别让同学看见地面上的证据,没有想到,同学们用鼻子还是嗅到了我的狼狈。

"你们再这样说,我就告诉老师去!"我用力搜寻着各种理由,最终只想到了这样一句话,来掩饰自己的紧张和失措。

"别,别,别,我再也不说了,你别告诉老师啊。"后座的男生有些害怕地请求着。

不知道为什么,听到男生这句略带求饶的话语,我的心立刻不那么慌乱了,这句话让我感觉到了安全,我觉得这句话分量很重,足可以让戳我的那个男生相信:味道不是从我身上散发出来的,他冤枉了我。

两个男生仿佛已经彻底忘却了这件事,从课桌抽屉里拿出了一副动物棋,开始在课桌上摆了起来,准备大战一场。

我把头转向黑板,转动的幅度非常小。这两个男生的话提醒了我,我尽量不要做大动作,以免身上的气味再次散发出去。如果再有其他同学闻到了那股难闻的气味,并且知道是从我身上散发出来的,我不知道还有没有勇气说出那句话……你们再说我就告诉老师去!

我坐在自己的位置上,心再次沉静下来,犹如刚刚经历了狂风暴雨的湖面,没有了大的波澜,但却再也经不起哪怕一点点的风吹草动。

我不要做逃兵

我觉得每一个小朋友都那么地快乐,那么地轻松,那么地无忧无虑。而我却多了一份沉重,也多了一份担忧。我的神经时刻高度警惕着,好像在距离我不远的地方,某个固定的危险,正在一步一步向我靠近。

我多希望能有一种神奇的力量,在危险即将把我俘获的瞬间,立即让我逃脱。我感觉到了尿意,这种力量会突然把尿意从我的意识里赶走,我的身体可以完全恢复安宁,犹如无风的海面。

但是,没有任何声音来回应我内心的祈求,无论我付出多大的意志力,我也战胜不了那强悍的尿意,我只能像一个战败的士兵,无力地放弃所有的抵抗,任凭尿液沿着我的双腿奔涌而下。

我不明白,为什么班里有30多名同学,只有我和别人不一样?为什么别的小朋友能跑能跳,只有我一个人站不起来?为什么在我出生100天的时候,医生没有给我做好手术?妈妈说,如果那个手术成功了,我会和别的孩子一样,完全一样。

11岁的我不清楚那个手术是怎么一回事,医生出现了什么失误,才给我的身体里埋下了这么痛苦的种子。如果手术顺利了,我可以和别的小女孩一样,头上扎着蝴蝶结,身上穿着白裙子,脚上穿着好看的凉鞋,跟同龄的小朋友一起跳皮筋,一起捉蜻蜓,一起像春日里的燕子一样翩翩起舞。

可是现在,别说跳橡皮筋了,我连穿一条干净的裤子这么简单的事情都做不到,我的每一条裤子都曾被尿液浸得湿湿的。尿液在往下流,滴落在地面上，一滴一滴，我的眼泪也冲破眼眶的阻挡，顺着我的脸颊，滴落在我的胸前。地面上的尿液是尴尬，是难为情，是不好意思，衣服上的眼泪是无奈，是委屈，是伤心。

我想回家，这个声音再次从我心底浮上来，越来越大，越来越响亮，我甚至无力去压抑。我不知道自己还会尿湿多少回裤子，我不知道同学们如果知道我这么大了还尿裤子，会怎样嘲笑我。我害怕这样的事情发生，哪怕只是想想，我都止不住地颤抖。

回到家里，回到妈妈身边，没有谁会来嘲笑我，我也不用再这样提心吊胆和小心翼翼了。

回家，辍学，当这样的字眼浮现在我的脑海里的时候，紧张和害怕的感觉立即消退了许多，但是，我的心里却空空的。没有了学校，没有了老师和同学，好像有什么东西从我的生活里被剥离出来，这些东西连着我的筋骨和皮肤，每扯一下，我都会有一种撕裂般的疼痛。

就这样回家去吗？我怎么感觉不到胜利的快乐，也感觉不出找到解决问题后的喜悦呢？相反，我觉得自己就这样离开学校，像极了一个丢盔卸甲的逃兵，那么胆怯，那么畏缩，那么懦弱，我不喜欢这样的自己，一点都不喜欢。

我应该是勇敢的，当小朋友们欺负我的时候，我敢直视着他们的眼睛；小朋友嘲笑我不认识字，我会一遍又一遍对妈妈说……我要上学……我要上学，直到妈妈点头答应。现在，虽然我上学才刚一个多月，但是我已经认识了好多字了，课本上的字我基本上都能念下来了，我还能在很短的时间里做出数学题。再也没有小朋友说我不认识字了，再也没有小朋友挑衅似地对我说："你知道你看的这本书叫什么名字吗？你说，你说啊！"

自从进入学校读书，我的梦里不再有人凶神恶煞地追赶我，我也不用再逃命似地往前爬，我的梦变得安详、宁静、和平，我经常梦见自己坐在教室里，老师在讲课，我握着削得尖尖的铅笔，认真地把字一笔一画写进妈妈给我新买的田字格本里。有的时候，我还会笑着从梦中醒来。

有小伙伴的感觉真幸福

踩着上课的钟声,我跨进了教室门槛,教室里很安静,三十多双眼睛注视着我,扑闪扑闪的。我有些欣喜,同学们终于注意到我的存在了,这种感觉让我内心的希望又重新萦绕在我的意识里,我的全身都活跃了起来,纠缠了我一个早上的那股凌乱和矛盾的情绪在悄悄消散。我有些后悔前几天跟妈妈说我不想上学的话。

"现在开始上课。同学们,谁来背下昨天咱们刚学的古诗《枫桥夜泊》?"冉美香老师响亮的提问声把我的思绪拉回了现实,教室里立即热闹了起来,有几个同学已经把小手迅速地放在了课桌上,抢着要回答老师的提问。

"枫桥夜泊"这四个字好像是一把神奇的小开关,我的脑海里立即浮现出这首诗的诗句:"月落乌啼霜满天,江枫渔火对愁眠,姑苏城外寒山寺,夜半钟声到客船"。这首诗仿佛是从我的脑海里自动弹跳出来似的,那么自如,那么迅速。这种通畅的感觉让我心里喜滋滋的。入学第一天,老师把几本崭新的课本发给我之后,我就迫不及待地翻看了起来,纸张被翻过的沙沙声像是一个个动听的音符。原来有书读的感觉这么美妙啊!每天早上,我都关上房门,趴在床边,小声地

小学五年级毕业时和同学们的合影

念着书里的每一个字,一遍又一遍,一点都不觉得累。课本里的文字牢牢地印刻在了我的记忆里。

"夏娟,你来背下吧。"冉老师的声音在我耳边温柔地响起,我心里一惊,老师是在喊我吗?从来没有老师让我回答过问题啊。我下意识地抬起头,望着老师期待和鼓励的眼神,我的心跳开始加快。

"没关系,背错了也不要紧,来试试吧。"

冉老师的话给了我极大的安慰,我扶着课桌,慢慢站了起来。我深深吸了一口气,认真地把脑海里的诗句转化成声音。周围的一切好像都已不存在,我完全沉浸到了自己投入的表现中,我觉得自己的心正在被一种从来也没有体验过的、很新鲜的喜悦包裹着、滋润着。

我坐在自己的位置上,享受着课间的轻松和热闹。

突然地,我感觉好像有什么东西闯入了我身边的空气里,右侧的空气明显厚重了许多,光线也暗淡了下来。我的意识完全被这种细微的变化吸引着,我把头转向右侧,一个瘦弱的、下巴尖尖的女同学出现在我的视野里,站在距离我的课桌不远的地方,定定地看着我。

我有些紧张,从来没有过这样的时刻,同学们集体注视着我,目光没有游离。一连串的问题开始在我的脑海里频频闪过:

她为什么会看着我呢?

她会和我说话吗?

她会对我说什么呢?……

我的嘴角开始向上扬,对着女同学轻轻笑了笑,我感觉她并没有恶意。很快,笑容在我的脸上定格。我不知道女同学会怎么回应我的微笑,她会不会马上返回自己的位置,或者她仅仅是要从我的身边经过。我觉得有些尴尬,也有些不好意思。

在我疑惑和不安的时候,女同学又向我走近了两步,她的身体几乎碰到了我的胳膊,一股陌生又带点清香的气息立即钻进我的鼻子里。

女孩儿笑了,对我说:"我叫许文娟,名字里也有一个'娟'"。女孩的声音一响起,我的心就激动起来,这样的话语我期盼了不知多少天,这样的场景在我的想象里又不知出现了多少回,现在,我终于盼到了!

　　女孩儿甜甜的笑容通过空气辐射到我身上,犹如冬日里的暖阳,洋洋洒洒,感觉很舒服,我内心的孤单和寂寞顷刻之间消融在女孩儿甜美的笑容里,一份酥酥软软的感觉在心间拂过,泪花在我的眼底滚动,我有种冲动,很想站立起来,紧紧拉住女孩儿的手,然后对着全班同学大声地呐喊:"你们快看呀,我也有小伙伴了,我和你们一样了。"

第三章

痛并快乐的初中岁月

在我的内心深处，总感觉有一个角落是缺失的。这种"缺失感"转化为一种不可遏止的动力，让我竭尽全力地去寻找一种方式，来填补内心的不完整。终于，我找到了拯救自己的载体，那就是知识。

特殊的作业批语

1996 年 9 月 1 日,我跨进了初中的校门,成为了一名初中生,距离我的梦想又近了一步。

铃、铃、铃……

急促的下课铃声响了,数学课代表张永杰按照惯例,把厚厚的一摞作业本从数学老师那里抱了回来,可能是作业本太重了,走进教室的时候,永杰的脊背一直在略微向后倾斜着。

为了减缓这种重负,永杰干脆把作业本放在了第一排的课桌上,然后拿起其中的一小摞,依次发给每位同学。

"夏娟,你看,老师在我的作业本上写了一句话!"同桌艳伟拿到作业本后,惊喜地喊起来,仿佛发现了一个别人都没有发现的大大的秘密。

我的身子靠近艳伟,把头探过去,看到了老师给艳伟的批语——"胜利属于最有毅力的人,加油!"

"老师写得真好!"不知道是不是被艳伟的这份无法掩饰的惊喜所感染,我也和她一起兴奋起来。同时,我也注意到了艳伟那边的吕丹,眼睛里散发着和艳伟类似的欣喜。

"丹丹,老师是不是也给你写批语了? 老师写得什么?"我好奇地问道。

丹丹把作业本递给我,脸上浮现着浅浅的酒窝。

"一分耕耘,一分收获,为老本家争口气!"吕老师在吕丹的作业本上留下了对吕丹的殷殷期望。

"夏娟，这是你的作业本。"永杰那稍微变声的声音在我面前响起来，我接过作业本，像是接到了一个无可预知的礼物，内心像是有一只小鹿在不安分地乱窜。吕老师也会给我写批语吗？吕老师会给我写什么呢？

我小心翼翼地掀开作业本的封皮，好像自己手里拿着的不是作业本，而是一个极其珍贵的水晶，只要稍不留神，它就会碎得无影无踪。

作业本的纸张一页页在我的眼前翻动，越是靠近这次作业的批改处，我的心就纠结地越紧——老师会不会忘了给我写上批语，会不会只简单地打上几个对勾，然后再写上批改日期。想到这里，我的心突然之间沉重了起来，好像被压上了什么东西，周围的一切仿佛都没有了痕迹，只感觉到我的心脏在快速地跳动着。

当我的手翻到作业批改的地方时，我的眼睛定格在那鲜红的三行批语上：

"张海迪应该在你的心里扎根，自己为自己创造条件，我相信你的未来会更加辉煌！——爱你的老师吕。"

当吕老师熟悉的字迹映入我的眼帘时，我的身体立即松弛了下来，一个无形的堤坝在我的心里悄悄隐去，眼泪却像绝堤的潮水向我的眼睛猛然袭来，一股暖流也随之涌向我的全身，把我的担心和紧张瞬间淹没。

我从来不知道，原来吕老师一直都在默默关注着我，原来吕老师并没有因为我是一个残疾女孩，就对我失去信心和希望，原来吕老师是记着我的，是爱我的。

我再次把模糊的双眼投放在那个醒目的署名上——"爱你的老师吕。"这短短的六个字仿佛是一缕娇艳的阳光，直射进我心灵最深处，将角落里的潮气和阴霾涤荡无余。我突然觉得自己是这间教室里最幸运的学生，也突然觉得自己的生命一下子变得奇特起来，好像上天给予了我什么奇特的能量，我觉得无论有什么困难在前面等着我，我都不会再害怕，因为我有爱我的吕老师。

上课了，吕老师踩着铃声走进了教室。吕老师有着娇小匀称的身

材、齐耳的短发、紧身合体的蓝色西装、敏锐且会说话的眼睛，眼前的吕老师看上去非常美丽，非常有魅力。我知道，从这个时刻开始，吕老师对于我——不再一样。

吕老师把手里的教材、三角板和量角器放在讲课桌上，就直接把目光投在了我的身上，我抬起头，与吕老师的目光相对，我们同时露出了甜甜的笑容。

深爱我的吕老师

吕凤菊老师是我初中三年的数学老师,但其实吕老师对于我而言,更像是一位疼我护我的姐姐、一个知我懂我的朋友。用吕老师的话说,我们的相遇是缘分,所以不需对她说什么感谢之类的话,那样会显得生分。自从吕老师出现在我的生命里,我感受到了来自家庭之外的那份细致入微的温暖和真情,也让我对自己的残疾不再极力掩饰。难忘那次在吕老师家里住宿的经历。

吕老师推开防盗门,走了进来,手里端着一个脸盆,肩上搭着一条乳白色的毛巾,7岁的儿子亮亮手里提着一双红色的女式拖鞋。

"夏娟,来洗洗脚吧。"吕老师边说头也不抬地把脸盆放到一个小凳子前面。

我下意识地望了一眼自己的双脚,不由地往后退了退。我的脚长得这么奇怪,怎么能让吕老师和年幼的亮亮看到呢?吕老师见我怔在原地,再次招呼我过去洗脚。

我机械地往吕老师身边移过去,但是心里却盼望着这段距离能长点,再长点。我坐在了凳子上,吕老师接过我手里的拐杖,将它们依靠到墙壁上,然后蹲在我的面前,要帮我解开鞋带。

我感觉心里慌乱极了,我实在不想把自己那双奇怪的脚呈现在吕老师面前。

"吕老师,我自己来吧。"我连忙弯下腰,想把吕老师手里的鞋带接过来,自己把它们慢慢解开。

"没事,你坐好,这样弯着腰洗脚不方便。我来给你洗。"吕老师褪去我的鞋子和袜子，并没有注意到我内心的挣扎。

吕老师先把右手伸进了盆里，试了试水温。然后轻轻握着我的脚踝，慢慢放进了水中。

"水温怎么样？烫吗？"吕老师抬起眼，温和地问我。

"我感觉不到水是热的还是凉的。"我低着头回答，心想吕老师一定会觉得我这样的回答很奇怪吧。

"水是温的，我把水烧的半开就提下来了。"吕老师并没有为我的回答感到奇怪。我的心就慢慢地平静了下来，享受着吕老师的双手在我的脚上温柔地搓揉着。

吕老师先抬起我的右脚，我的右脚由于没有脚后跟的支撑，整个脚掌向右侧倾斜着，五个蜷在一起的脚趾头像是一个抓钩，齐齐地朝空中仰望着。吕老师的目光停留在我这双外形奇特的脚上，又很快从我的脚上收回。吕老师把清澈的水轻轻撩到我的脚面上，一只手托着我的脚，另一只手小心地搓揉着我的脚面，吕老师的动作是那么轻柔，那么小心翼翼，好像担心用的力过大，把我弄疼了。当灰尘从我的脚上凸显出来的时候，吕老师把我的脚小心放进水里，将那些灰尘从我脚上洗去。然后，又托起我的左脚。

我的左脚外形上和正常的脚掌没有什么区别，只是不能动弹，只能无力地任由吕老师把它来回摆弄着。我的右脚五个脚趾头紧紧并拢在一起，吕老师不敢强行把它们掰开，只能沿着脚趾头的边沿，轻轻洗一

工作后，去家里看望吕凤菊老师

下。我的左脚五个脚趾头是摊开着的,吕老师把她的食指伸到我脚趾头的间隙,仔细清洗着里面。

虽然我感觉不到水温,虽然我不能清晰感觉到吕老师的手指在我的脚掌上搓揉的感觉,但是我仍能感觉到一丝隐约的、酥酥软软的感觉从我的脚掌延伸到我的上身,舒服极了。

清洗得差不多了,吕老师把我双脚从盆里抬起来,搭在她的双腿上,把肩上的那块干净的毛巾取下来,仔细擦拭着我的双脚。我感到鼻子一阵酸楚,吕老师就是这样一直蹲在我的面前,为我的双脚做了一次全面的、彻底的清洗,却没有对我有一点点嫌弃。当我白皙的双脚从吕老师的手里举起的时候,一直站立在一旁的亮亮懂事地把手里的拖鞋递给了吕老师。

吕老师把我的脚小心地放到拖鞋里,然后把我的袜子投到水里,当洗衣粉的泡沫在盆里旋转的时候,袜子就和我的眼睛一样,模糊了起来。

我的手轻轻地在我的腿上抚摸着,我发现自己从来没有像现在这样温柔地注视着自己的双腿和那双并不好看的双脚。它们此刻在我的眼前竟变得可爱了起来,原来,我一直想拼命掩盖的双腿和双脚带给我的并不只有羞愧,这样一双腿、这样奇怪的双脚居然也可以带给我从来没有体验过的幸福和感动。我甚至有些感谢自己有这样的一双腿和这样一双奇怪的脚。

吕老师对我那么温柔,那么亲切,每次和吕老师的目光对视,我们都会心有灵犀地相视一笑,这个时候,任何语言都是多余的。我总能感觉到一种温暖从吕老师的身上散发出来,这种温暖让我有一种说不出来的踏实和舒心。

终于有了让理想飞翔的信心

这是初中阶段让我难忘而有趣的一件事,这件事让我更加坚定了让自己的理想飞翔的信心。记得那天班主任高老师在公布期末考试的成绩。

"下面我念一下获得奖品的学生名单。"高老师说完停顿了下来,教室里的气氛紧张了起来,一点极细微的动静此刻都显得异常响亮。高老师手里那张白得发亮的期末考试成绩单在我的脑海中越展越大,把我的意识占得满满的,再也没有一点多余的能量去思考其他的问题。

"下面先公布语文成绩前三名,第一名,胡夏娟。"高老师的话音刚落,就把如阳光般的目光投递在了我的脸上。

我扶着桌子站了起来,我感觉到自己的腿在微微颤抖,好像自己出乎意料地得到了一件什么宝贝。我坐在第二排,距离讲台很近,高老师拿起最上面的一个笔记本,站在讲台一角,递给我。

当笔记本落到我手里的时候,我觉得它沉甸甸的,我甚至感觉自己的双手都有点托不住它,因为这个笔记本带给我的喜悦太大了!我感觉全班同学此刻都用羡慕的目光望着我。我的意识变得极其狭窄,我只能注意到自己那有些按捺不住的喜悦和激动,再也没有多余的能量去关注谁考了语文第二名、第三名。

"我语文考了全班第一名!"心里喊着这句话,我把笔记本轻轻放在课桌上,顺势坐了下去。

"接下来是数学成绩前三名,第一名,胡夏娟。"高老师的声音依然平稳。

　　我——没有听错吧,我数学也考了第一名?我有些不太相信自己的耳朵,依旧坐在自己的位置上,并没有马上站起来。

　　高老师熟练地又拿起一个笔记本,朝我所在方向的讲台一角走来。我机械地立即站起来,接过高老师递过来的奖品,来不及思考这个结果的真实性。

　　"英语成绩前三名,第一名,胡夏娟。"高老师说完这句话,马上低头去看成绩单,好像在确认自己并没有读错名字。

　　"夏娟,恭喜你,语数外的第一名都是你。"同桌艳伟羡慕地轻声说道。

　　我的思维早已被高老师宣布的这个结果给堵塞了,一时不知道该如何回应艳伟的祝贺,我有种不太真实的感觉,仿佛自己脱离了地面,漂浮在空中,轻飘飘的。

　　"物理前三名,第一名,胡夏娟。"念到我的名字的时候,高老师的声音突然上扬,好像发现了一个别人从来都没有发现的奇特的秘密。

　　"化学前三名,第一名,胡——夏——娟。"高老师用最高的音量将我的名字喊出来,不知道是为了表达自己的兴奋,还是为了鼓励其他学生,高老师把目光从成绩单上收回来,扫视着全班学生,感慨地说道:"胡夏娟考了这么多第一名啊!"

　　我把第五个笔记本累放在前四个笔记本上,按说我的喜悦也应该再增加一些,可是,我的鼻子竟变得酸楚起来,原来那么多次的挑灯夜战是有作用的,原来真的

读书期间荣获的各种证书

是一分耕耘，一分收获。

"政治前三名，第一名，胡夏娟。"高老师的声音恢复了刚开始公布成绩时的平稳，仿佛这个结果早已在高老师的意料之中。

地理、历史、生物的第一名也是我。

"最后是总分前三名，胡夏娟同学以高出第二名50多分，高出第三名80多分，名列全班第一名。"高老师的声音又加大，仿佛只有这样，才能表达出高老师对自己公布的这个考试结果的惊奇和激动。

望着面前这10个笔记本，我感觉自己像是领到了10份大奖，我觉得自己取得的成绩一点儿也不比那些站在奥运领奖台上的冠军差，那些冠军一次只能领一枚奖牌，而我一次就领到了10份奖品，我一次就获得了10个冠军，我多想时间能永远停留在这一刻呀，心里涌动着这么多喜悦的感觉多美啊！

突然有谁用笔轻轻戳了一下我的后背，我转过头，是后桌的建伟。建伟一脸认真地对我说："夏娟，你来给我俩做下证人吧。我和冯彬打赌，看谁下次考试能考到第二名，谁输了就请对方吃一大杯雪花酪。"

"不用赌，你肯定会输，这杯雪花酪我是吃定了。"冯彬胸有成竹地笑了，像是提前猜到了谜语的答案。

"为什么你们两个只赌第二名？为什么不赌谁考了第一名呢？"我有些不解。

"第一名肯定是你的，我们只争第二名。谁能考第二名，谁就是胜利者。"建伟说完，就和冯彬重重地击了一下手掌。

成功的背后是熟悉的疼痛

马上要参加数学竞赛了，我总觉得时间不够用，恨不能把每一秒钟都用在准备考试上，好让自己能吸收更多的知识，准备得更充分些。我觉得自己像极了一个在大漠中不知疲倦地奔向绿洲的人。

柔和的灯光从我背后的屋顶上方倾洒下来，将我的倒影投射在书本和草稿纸上，我把身体向右偏转了一些，这样就可以把我的倒影从书本上移到淡黄色的桌面上。

突然，一阵时断时续的隐痛像一股电流从我的左腹股沟传来，这种熟悉的痛感让我立即警惕了起来，心里有了一种不祥的预感……该不会是我臀部和椅子接触的那层皮肤又磨破了吧？这么想着，我放下手里的笔，左手慢慢往那层……由于长时间静坐而变得稀薄的皮肤处移动。

我的左手就这么在空气中艰难地前行着，好像一只背着重壳的蜗牛……在一点一点蠕动着自己的身躯，短短的距离却变得异常漫长。当我的手指碰触到那块有些粗糙的皮肤时，我的心猛然沉了下去，因为我的中指触摸到了一小片柔软又带有湿湿的、黏黏感觉的皮肤。我知道，这层皮肤已经破了。

由于长时间坐在凳子上，我感觉自己对这个部位皮肤的感受力在下降，只有当引发炎症、腹股沟开始疼痛的时候，我才知道臀部的皮肤已经磨破了、出血了。每到这个时候，我都有一种被强行剥夺的感觉，虽然这块皮肤还长在我的身上，可是它好像并不再属于我。

腹股沟淋巴结隐约的疼痛让我明白，现在的炎症还不是很严重，我

必须尽快阻止炎症的发展和扩散,否则等炎症加重的时候,我又要吃阿莫西林之类的消炎药,又要往体内注射青霉素,还得隔一天去医院换一次药,这样会很耽误时间的,我只想能把时间尽可能多的放在准备竞赛上。

为了不影响我学习,爸爸妈妈已经早早上楼去了,没有谁能来帮助我清理一下伤口,我必须自己来动手了。

我拉开书桌下面的橱柜,取出我的小药箱,这是妈妈为我准备的。红色的方形盒子里整齐地放着包扎用的工具和药品……剪刀、镊子、医用酒精、脱脂棉、红霉素、活血化瘀的软膏,还有纱布和胶布。我趴在床上,一边回忆着以前医生给我换药的情景,一边琢磨着自己应该怎么做,才能顺利将伤口包扎好。

当医生给我换药的过程和细节在我的脑海里重复了许多遍之后,我确认包扎的第一步是消毒。我用右胳膊肘支起上半身,身体向左侧扭转,我用镊子夹出一块酒精棉,学着医生的样子,轻轻擦拭了一下那块磨破的皮肤,不知道是不是因为酒精的刺激作用太大了,一阵强烈的刺痛从破损的皮肤传向我的全身,我的手不由得僵在了空中……我的手臂好像被酒精麻痹住了,我的意识也好像被酒精瞬间给凝固住了。

当酒精特有的刺痛从我的身体里慢慢消退去的时候,我的意识恢复了正常。

不能因为这点痛就停止消毒,否则等炎症加重了,我会更痛的,那个时候,我不仅会痛,还会浪费掉许多宝贵的时间。一想到我的时间会被炎症占去,我就感觉自己突然拥有了对抗酒精的勇气。我咬着嘴唇,将镊子夹着的那块酒精棉再次放到了破损的皮肤上,转着圈快速擦拭了几下。当刺痛再次像电流一般袭遍我的全身时,我立即用牙齿使劲儿咬住了自己口腔里的肌肉,希望能用这种咬痛来稍稍抵挡一下酒精的刺痛。

不知道过了多久,我慢慢松开了被牙齿紧紧撕咬着的口腔肌肉,我突然感觉自己嘴里像是被塞进了两块东西,口腔两侧仿佛肿胀了起来。可是,除了这种办法,我再也想不出更好的办法来抵抗酒精那种让人无法动弹的刺痛。

　　我把绷带慢慢展开，天知道我多么希望手里的这卷窄窄的绷带能具有奇异的力量，当它敷到我的疮口上时，能瞬间将我臀部那块裂开的皮肤缝合好，让我能再次坐在凳子上，没有任何痛感地坐在凳子上，安心准备我的数学竞赛。

　　我用镊子将红霉素软膏在绷带上一点一点抹开，我不知道这样的包扎能不能阻止那可怕的炎症进一步地控制我的身体，我不知道需要多长时间这片破裂的皮肤才能完全愈合。我用发抖的手指将绷带粘贴到疮口上，期待着自己能快点好起来。

躺着准备数学竞赛

　　将疮口包扎好后，我知道自己不能再继续坐在椅子上学习了，否则破损的疮口不知道到什么时候才能愈合。我把数学竞赛辅导资料和那一沓厚厚的草稿纸都搬到了床上。

　　"不能坐着，那就躺着吧。"我脱掉鞋子，将枕头垫在胸部下面，趴在床上继续算刚才的题。

　　可能是刚换了一个姿势，我感觉这样趴在床上还挺舒服的。不知道是刚才的消毒和包扎起作用了，还是自己焦躁的情绪得到了缓解，我感觉左侧腹股沟的那几颗胀大的淋巴结没有那么疼了，确切地说，刚才的隐痛变成了酸胀，只要不用手去触压淋巴结，我就可以将注意力都集

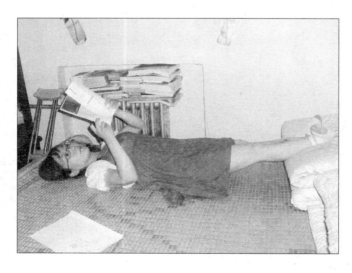

包扎完疮口，躺在床上，准备数学竞赛

中到数学竞赛的世界里了。

可是这样的姿势没有持续多久，我就感觉脖子像是被吊上了一个重锤，而且这个重锤的重量在不断地增加，我的头不由得往下坠落，脖子越来越酸胀，越来越麻木，眼睛也变得酸涩起来，两只手臂像是刚提了什么重物，越来越沉重……我用力把脖子往上抬，好让自己能抵抗住身体上的疲累。可是越是挣扎，越是感觉到疲倦，我的脖子距离床越来越近，越来越近，我的头不由得栽在了床上，好像一间老屋被瞬间抽去了支撑它的梁木，轰然间倒塌。

当我的整个身体都躺在床上的时候，我感觉好舒服啊，柔软的床单贴在脸上，脖子上的"重锤"消失不见了，那股紧紧缠绕我的疲累感像是阳光照耀下的雪花，慢慢消融不见了。真想就这么躺着，美美地睡上一觉啊。

"胡夏娟和你们不一样，她需要更多一些的机会!"吕老师的声音在我的耳边骤然响起，我猛然睁开了眼睛。还有十几天我就要参加竞赛了，我必须抓紧所有的时间，我多学习一会儿，在竞赛中取得名次的机会就大一些，那么就不会辜负吕老师把唯一一个参加决赛的资格给了我，同学们也不会有什么想法。这么想着，我就抬起了头，用两只手臂支撑起我的上半身，将辅导资料和草稿纸拉到面前，翻开刚才的页码，继续演算那些竞赛题。

酸胀的感觉很快再次袭来，想躺下去的念头又自动浮现在我的脑海里。我得想个办法，不然早晚会被疲惫打垮的。

"换个姿势，也许会舒服一些吧。"我把身体向右翻转了180度，保持着仰躺的姿势，将双腿搭在不远处的被子上，使包扎的部位脱离开床面，这样既不会感觉到疮口的疼痛，也不会妨碍疮口渐渐愈合。

我左手托起草稿纸，使草稿纸和眼睛之间拉开一定的距离……和我坐在书桌前，眼睛和书本之间的距离差不多远。我的右手紧握着笔在草稿纸上一步一步写下函数方程式的计算过程，虽然草稿纸在手里托着不像是在书桌上放着那么稳当，可是草稿纸上的数字和计算符号不断地在增加。

当我为自己找到了一种"舒适"的姿势而得意时，我就发现这样的姿势也有问题，虽然脖子不再那么酸胀，可是草稿纸和我的眼睛之间的距离越来越近，与趴在床上相比，我的两个手臂更容易累，我感觉自己双臂的力量在一点一点消退，手里那几张薄薄的草稿纸变得越来越重，我感觉它们像是一座雪山，即将向我倾轧过来。真想有个支架能把我的两个胳膊固定在空气中啊，这样我就可以集中全部的精力学习了！

为了让自己尽量舒适一些，我频繁地更换着身体的姿势，当不需要做计算的时候，我就仰躺着，把书举起来，仔细阅读书里的一字一句，真恨不得能把它们都印刻进我的脑子里；当需要在草稿纸上做演算和推理的时候，我就慢慢翻转过身体，趴在床上，在我的身体感觉到疲累之前，用最快的速度在草稿纸上写下每一个详细的计算步骤。我发现，只有当趴着和仰躺着这两种姿势交换的时候，我的身体才不会那么累。

我觉得自己在和那些潜伏在我身体里面、随时都可能爆发的疼痛和疲累较量着，抗争着，虽然我不知道自己能不能抵抗住炎症和疲倦的一阵又一阵地轮番侵袭，但是，一个坚定的声音在我的心底浮现：坚持，我一定要坚持下去！

坚持的背后是沉甸甸的收获

　　早自习的课上,同学们有的在大声朗读着英语单词,有的在背诵着古诗文章,一切和平常没有什么两样,直到吕老师出现在教室里。

　　吕老师推开教室的门,就把目光投递到我的身上,吕老师的脸上洋溢着一种掩饰不住的喜悦,不,是无法抑制的激动,因为我发现吕老师的嘴唇在微微颤抖。我不知道吕老师因为什么事这么高兴,但我知道,肯定是好事,而且与我有关。

　　"夏娟,我刚刚得到通知,你获得了'华罗庚金杯'大赛初中组国家二等奖。你的荣誉证书是工作人员漏掉了,所以之前以为你没有获奖。"吕老师快步走到我身边,激动地对我说。

　　我的心顿时"咯噔"了一下,我感觉自己的大脑在这一瞬间变成了空白,好像有什么无形的力量将我所有的意识都抽离走了。我努力将吕老师的那句话从记忆里拽出来,反复在心里默念着,仿佛只有这么做,我才能明白吕老师那句话的意思。我觉得自己好像身处一个极不真实的环境里,眼前的一切既是熟悉的,又是那么的陌生。

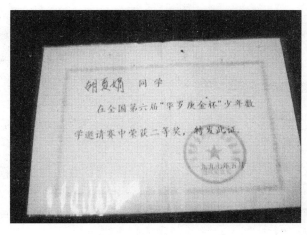

初中时所获"华罗庚金杯"赛国家二等奖证书

　　我真的在"华罗庚金杯"大赛中获了奖,而且还是全国二等奖,我真的是太激动了!我终于没有辜负吕老师和同学们的期望,我终于获奖了!

　　下早自习的铃声响了,教室里立即沸腾了起来,而我多么希望这个铃声并不是早自习结束的铃声,而是上午放学的铃声,这样我就可以马上回到家里,告诉爸爸妈妈这个天大的好消息,让爸爸妈妈能因为有我这样一个获了国家奖的女儿而感觉到骄傲和自豪。

　　上午一共有四节课,我不知道自己是怎么艰难地捱过来的,我觉得时间过得好慢,从来没有的慢,每一秒都好像好几分钟那么漫长,我感觉自己浑身像是长了刺,我多么想能马上架起拐杖,走出教室,跨出校门,朝家的方向走去啊。虽然我的身体还停留在教室里,可是我的心早已如放飞的小鸟,冲入了天际。

　　放学铃声终于在我的无比盼望中响起来了,除了上课用的教材,我早已经将作业本和笔统统放进了抽屉里,这样我就可以早一点离开教室,可以早一点告诉爸爸妈妈——我获得了全国二等奖这个好消息了。

　　艳伟还在把学习用品一件一件放进抽屉里,而我等不及艳伟把东西全部放好之后再给我让路。艳伟看到已经架好拐杖站起来的我,就停下来,把凳子拉到课桌下面,给我腾出空间,让我先走出来。

　　"我先走了,下午见。"说完这句话,我就架着拐杖,快步走出了教室。我觉得自己走路的速度很快,不用我费多大力气,就可以跨出好大一步,我觉得一股力量又悄悄在我的心底升起,甚至比我参加竞赛之前的力量更加强大,这股力量让我觉得,我和其他同学是完全一样的,双腿的残疾并不能把我和其他同学隔离开,虽然我的手里握着拐杖,可是我觉得自己和其他同学相比,没有什么两样,我甚至感觉自己比其他同学走的速度还要快。

　　来到楼梯口,当我习惯性地把两只拐杖放到下一级台阶上时,我又把拐杖收了回来。这样下楼太慢了,我有些等不及了。我把其中一只拐杖放到下一级台阶上,再把另外一只拐杖放到第三级台阶上,然后把自己的双脚像两只拐杖那样,交替着放到不同的台阶上,这样,我就可以快点走下楼梯了。

当一级一级的台阶逐渐被我甩到身后时，我觉得自己好有力量，仿佛自己下楼的速度也更加快了起来，我觉得自己好像不是在一步一步走，而是在飞，手里的拐杖就像是帮助我飞翔的两只翅膀，又像是两只有力的木桨，把我迅速滑向目的地。虽然仍有同学陆续从我身旁走过，但是我明显感觉到，从我身旁走过的同学，没有往常那么多。

这一刻，我感觉自己充满了力量，无论自己想做什么，都一定能做成，而且还能做得很出色。我多想能变成一只小鸟，展开翅膀，飞到家中的小院里，然后大声对父母说："爸爸妈妈，我获得了全国二等奖！"

我做了中考"女状元"

1999 年 7 月 6 日上午 8 点,我和同学们坐在了教室里,等待中考成绩的公布。没有了中考的压力,同学们显得异常轻松和兴奋,叽叽喳喳的说话声把教室烘托的格外热闹。

走廊里的风,拐进教室,又迎面吹拂到我的身上,可是,在这个夏日的清晨里,很少出汗的我,却感觉手心里变得越来越潮湿,白色的泡泡袖裙子和我身体之间的空隙越来越少,我甚至能感觉到,自己的膝盖在发出一阵又一阵微弱的颤抖。

突然,从不远处的办公室里传出几位老师越来越清晰的谈笑声,这表明很有可能是班主任老师们要去各自的教室里公布中考成绩了,我的心跳猛然加快,我紧紧盯着教室门口,心里像是有一只刚刚弹跳起来的陀螺,忽上忽下,一时找不准落点。

一阵细碎的脚步声由远及近,我的心也仿佛跳到了嗓子眼儿,万一,高老师念出的第一名的名字不是我,该怎么办?我突然有些后悔盼望高老师早点来教室,我应该先想好怎么去应对不是第一名的结果,再期盼高老师的到来。可是,现在,已经来不及了,因为一身乳白色套裙的高老师已经走进了教室里。

高老师站立在讲课桌后面正中间的位置,仔细低头看着手里的中考成绩单。我多么希望自己的眼睛能有透视功能,这样我就能第一个知道,中考第一名是不是我。我低下头,像是在等待一个宣判。

"咱们班中考第一名是——胡夏娟,总分 695 分。我们向胡夏娟同学表示最热烈的祝贺!"高老师说完,激动地带头鼓起了掌,教室里瞬间

初中三年，挑灯
学习的地方

被六十个人的掌声淹没，这些掌声鼓动着我的耳膜，也震颤着我的心，我感觉自己的胸腔在急速收缩，然后又突然扩大，一下子纠结在一起，一下子又被什么东西填得严严实实。

我考了695分，我真的像高老师说的那样取得了中考第一名的成绩?! 我把右手从课桌上抽离出来，放到腿上，用力地掐了一下自己的大腿，一种很真实的痛感从大腿传到我的全身，这是真的，这不是梦，三年的期待终于成为了现实，吕老师说的没错，我在中考里依然会稳拿第一名，我没有让吕老师失望，我没有让爸爸妈妈失望，我也没有让自己失望。

我望向自己的拐杖，将它们搂在怀里，我觉得它们好像不再是一副拐杖，而是我的一双翅膀，只要我将它们安放在我的双臂上，我就可以像小鸟一样，飞到蓝天上，飞到白云间，我甚至能感觉到自己的身体是那么轻盈，只要稍微一用力，我就可以挣脱大地的引力，快乐地飞翔起来。

我觉得自己好有力量，自己的身体仿佛蓄满了奇异的能量，我觉得什么事都难不倒我，我甚至感觉自己可以从凳子上站起来，直接迈开双腿，像其他同学那样轻松地走路。

我的思绪纷飞着，仿佛只有这样，才能将我身体里的激动和兴奋稍

微消减掉一些，我也才能掌控自己的身体，而不至于让自己外在的身体像是一尊雕塑，内心却如潮水般波涛汹涌。

我想象着，如果自己生活在遥远的古代，自己就是一位女状元，穿着大红袍，戴着大红帽，再在胸前配上一朵大红花，骑着高头大马，多么神气，多么光荣，多么自豪！我又感觉自己像是一名女元帅，刚刚从尘土飞扬的战场凯旋归来，这样的一场战役不需要健康的双腿，不需要轻快的脚步，和我的身体没有关系。

走出学校大门，我就迫不及待地往家的方向走去，由于发育情况不一样，我的两条腿并不能很协调地往前走，可是这并不妨碍我握紧手里的拐杖，快速向前探出去。我感觉自己不是在走路，而是跟着某种节奏在跳跃。大街上，汽车的鸣笛声，自行车的车铃声，还有街道两旁行人高高低低的说话声，仿佛都在某种无形力量的指挥下，汇聚成了一首欢快的曲调，这样的曲调撩拨着我的声带，我不由得哼起了小曲儿。

"扑棱"，一只小麻雀从我身旁优美地飞过，望着小麻雀飞去的方向，我大声在心底呐喊"小鸟儿，我中考考了全班第一名，我要上高中了，你听见了吗？……"

第四章

勇敢追梦的高中时光

　　面对生命里没有硝烟的战争，我是拿起武器去厮搏一场，做个无惧无畏的勇者，还是丢盔弃甲，做个彻头彻尾的懦夫？为了能在严峻的条件下生存下去，为了拥有抵抗风雨的力量，我知道自己必须选择前者，并且毫无疑问。

短暂而漫长的高中入学路

命运就是这样不安分,总是在我看似风平浪静的日子里,给我砸下一个危险的榴弹,让我的生活变成暗礁、漩涡、湍流。

1999年9月1日,是我高中入学报到的日子。可是我的右脚却炎症发作了,双腿腹股沟淋巴结已经严重肿大,哪怕我的腿只是轻轻动一下,我都会发出一阵钻心的战栗。

从家里的胡同里出来,经过一个十字路口,再穿过一个宽阔的操场,就是学校的教学区了。妈妈在教室门前停下,左手扶着自行车的车把,右手紧紧抓着我的胳膊,妈妈的眉心紧皱着,眼睛里溢满了一位母亲对生病女儿的那种揪心的担忧和心疼。

我把拐杖架到胳肢窝下,一咬牙,整个身体从自行车后座上滑了下来,当我的双腿碰触到硬邦邦的地面上时,淋巴结像是两堆小火药,一下子在我的身体里引燃,我的嘴唇不住地抖动了起来。

"怎么了?是不是很疼?我说让你过两天再来报到,你就是不听。"妈妈一边有些埋怨地说,一边连忙把自行车停放好。

"妈妈,你回去吧,我想自己走进去。我没事,现在不怎么疼了,真的。"我几乎是在恳求妈妈。

妈妈也许是太了解她这个女儿了,没有再多说什么,就站了起来。"那你小心点啊,慢慢走,妈先回去了。"妈妈推开自行车,就往校门口的方向骑去。

看着妈妈完全消失在我的视线里,我才慢慢转过身,准备往教室里走。当我独自一人站立在空荡荡的校园里的时候,当妈妈真的不在我身边的时候,我才发现,自己要面对的,是多么艰难的一件事。我站立的位置距离教室门口只有几步远,可是,对于身体里潜伏了无数粒肿大的淋巴结的我来说,真的是好长好长的一段距离。

不行,我怎么也得走到教室里去,现在一定有很多同学都在看着我呢,我不能让他们觉得,我走这么几步路,都这么不方便。我使劲儿咬着嘴唇,把两只拐杖往前面伸出一点点,当我准备先抬起右腿,脚底还没有离开地面时,肌肉扯拉着胀大的淋巴结,我的右腿立刻像是被固定在了地上,再也动弹不得。

我的额头已经渗出了汗液,握着双拐的手指也在被身体里的疼痛牵扯着,我真有些担心,自己再稍微不平衡一点点儿,就会摔倒在教室门口。

我必须在这样可怕的情景出现之前,赶快走进教室,然后找个座位坐下来,这样我就会安全了,我的腿和脚也会舒服些吧。

"夏娟,坚持一会儿,就一小会儿,等一会儿坐到凳子上就好了。"我调动起全身的力气,终于将右脚抬了起来,慢慢放到拐杖中间,顺势把右腿靠到右拐身上,然后把整个身体往前一探,再把左脚往前一拉,就这样,我成功往前走了一小步。

"一步,两步……"我在心里默数着已经走完的步数。

终于,我坐在了教室第一排的一个空位上。当我的整个身体都放在凳子上时,额头上的汗水已经将我的刘海粘连在了一起,睫毛上也挂着几滴汗珠,我边擦去眼睛上的汗

在参加考试的路途中

水,边对自己说"我终于坐下来了!"我从来不知道,走一步是这么难!

周围,很喧闹,而我的情绪却无法松弛下来。因为,我已经明显感觉到一种撕裂的痛感正在从我的脚底,沿着我右腿的神经,在向我的上身急速传递着,我好想能阻止这样的感觉在我的身体里肆虐地蔓延,可是,我阻止不了,便只能任凭疼痛将我慢慢淹没。

当我的整个右腿都被疼痛给侵袭住时,淋巴结也像是得到了进攻我的命令,纷纷伸展着它们的本领,我感觉到了一种皮肤即将被淋巴结撕裂的恐惧。细微的汗液已经汇聚成了豆大的汗滴,沿着我的眉毛和脸颊淌下,一股越来越猛烈的剧痛在我的身体内咆哮着,我感觉身体内一下子失去了支撑,我急忙抓住课桌,将上身趴到了上面,我甚至感觉到,自己的面部已经被疼痛扭曲,脸部的肌肉在不停地抽搐。

"难道我不该坚持读高中吗?难道我的选择错了吗?为什么我就不能像其他同学那样,顺顺利利地读高中?为什么我会这么这么地疼?"

疼痛、委屈、害怕、紧张,让我失去了最后一点抵抗力,眼泪没有在我的眼眶里多停留一秒,就迫不及待地打湿了我的脸庞。

可怕的淋巴炎症

从学校报到回来,妈妈就直接带我去了一家我从小就常常光顾的诊所。

"先让我看看淋巴结肿大的程度。"听完妈妈对我病情的描述,张医生在我面前蹲了下来。

我双手朝后支在长条板凳上,小心地将自己的下半身从板凳上抬起,妈妈则熟练地褪去了我的裤子。

张医生伸出右手的食指和中指,直接伸向我腹股沟处的淋巴结,不带一点点犹豫。

"啊!"我不由得喊出了一声,伸出手本能地快速抓住张医生的手指,我知道张医生这样强有力的两根手指,在我那膨大的淋巴结上来回按压着,那种痛是多么难以忍受。

"夏娟,别怕,让张医生给看看,这样你就能快点好起来,你不是还想早点去学校吗?"妈妈又抓住了我的要害,是,我要快点好起来,我要能早一天去学校。我慢慢松开了张医生的手指,两条腿却不由得开始打颤,我能感觉到自己的身体还是在做着远离张医生的准备。

张医生的手指在我两侧腹股沟的淋巴结上来回按压了几下,张医生的动作很轻柔,可是对于我来说,这样粗壮的两根手指却像是两根钢管……在我毫无抵抗力的身体上猛烈按压着,我甚至觉得这样并不算用力的触摸会将我碾碎。我想阻止张医生,不要再按压下去了,够了,够了!可是,我又无法阻挡,我能做的就是任凭这么钻心的疼痛像一条蟒蛇一样啮咬着我的心、我的骨骼、我的肌肉、我的每一条脆弱的神经。

63

"淋巴结肿大得很厉害，必须马上消炎！怎么不早点把孩子送来？淋巴结再肿大点，孩子就动不了了，淋巴结肿成这样了，孩子肯定在发烧。"当张医生那凉凉的手掌碰触到我的脑门的时候，我才意识到刚才在学校里的时候，自己的脑袋就一直昏沉沉的，眼皮也一直在发热，身体上还一阵阵发冷，我只注意到淋巴结肿胀的疼痛，没有意识到自己居然在发烧。我突然很困，疲软地趴在了堆满各种药瓶的药桌的边沿上……

醒来后，我已经躺在了家里的床上。

"头还疼吗？"妈妈俯下身，用手试我额头的温度。

"不疼了。好多了。"我想在我昏睡的时候，妈妈一定担心极了。

"那就好。张医生给你配了副消炎的中药，刚已经给你熬好了。"妈妈说完，就转身去了厨房。

我坐起来，看到脚上又被绷带厚厚地缠绕着。淋巴结的扯痛依然很强烈。

妈妈走了进来，手里端着冒着大量热气的洗脸盆，肩上还搭着一条毛巾。妈妈把洗脸盆放到床边，将毛巾投到黄褐色的药液中，就过来搀扶我。

坐到小凳子上，妈妈给我褪去了裤子，我把目光慢慢移到淋巴结胀大的地方，虽然并不能看到皮肤上有明显的凸起，但是我知道，自己看似光洁的皮肤下面，是两堆面目狰狞的淋巴结。只要想到淋巴结那不规则的颗粒形状，我的头皮就会一阵阵发麻。

"妈妈，我自己来，你先出去吧。"我知道自己又将和自己的身体展开一场无形的战斗，我不想让妈妈看到我疼痛的样子，我知道，妈妈的心比我更疼。

"那你由着自己的劲儿，别等药凉了，那样就没有效果了。记着，趁着毛巾的热度，把毛巾敷到淋巴结上。"妈妈起身走了出去，随手关上了房门。

现在，屋里就剩下我一个人了，盆里的热气在不停地往上蒸发，我的心也在不停地一上一下。我心里犹豫着，敷？还是不敷？不敷的话，我可以不用忍受这么强烈的痛,可是,这样的话,我淋巴结上的炎症能乖乖消退吗? 那些疯狂的淋巴结能不再这么折磨我吗? 消炎药吃过了,消炎吊瓶也滴过了,可是,淋巴结的疼没有丝毫地减弱。

我左手扶住床沿,慢慢探下身子,用右手提起毛巾的一角,毛巾很烫,我的手碰一下毛巾,就得赶紧用嘴吹一下,毛巾像滚烫的山芋一样,就这样在我的双手间来回传递着,我的手已经有些发红,甚至有些发痛。我提起一口气,快速拧出毛巾上即将滴落下的多余的药液,我望了望淋巴结的位置,闭上眼睛,咬紧牙齿,猛地将毛巾盖到淋巴结上。夹杂着酸胀和扯拉的疼痛立即放射到我的全身,我的牙齿突然失去了控制,不停地上下撞击着。

我闭上了眼睛,扬起了脸,眼泪顺着我的脸颊滚落进我的耳朵里,头发里。

"夏娟,坚强一些,再忍一忍,疼痛马上就会过去的。"我知道,自己不该流泪,我知道,自己一直都是个很勇敢的女孩,从小到大,那么多次的手术,我都挺过来了,那么多次的高烧昏迷,我也都经历过了,这样的疼,这样的痛,我难道就忍受不了了吗?

不,我不要这么胆怯,无论有什么样的考验出现在我的生命里,我都应该勇敢去面对,如果我连这点痛都承受不了,那我还有勇气把自己这条坎坷的人生路走下去吗?

抬头看到药液上方的空气中升腾着的热气,我觉得它们不仅仅是一缕缕水蒸气,而是一列列威武骁勇的将士,它们将穿过我的身体,去和那些细菌展开一场殊死的搏斗,去遏制、去打败我体内的炎症。

想着想着,我觉得自己对那条热毛巾充满了敬畏,我渴盼着,它能将我腹股沟的那两堆肿胀的淋巴结缩小,再缩小,直到我再也感觉不到它们的存在。

紧张地等待高考录取

　　我的高中生活就像是山涧里的一条小溪，看过了霜白柳绿，听过了虫鸣鸟语，尽管有过电闪雷鸣，也有过凄风苦雨，但是这条小溪勇敢地绕过了沼泽荆棘，向着晨曦、朝着花开的方向流去。在这段岁月里，我只想把记忆里最难忘的瞬间呈现给朋友们，以此让朋友们了解那个青春年华里的我，经历了一种怎样的心路历程。

　　从把高考志愿表交到班主任郭光银老师手里的那一刻开始，我竟感觉到了从未有过的紧张感，紧张中又夹带着担忧和害怕。一个我早就想过、但却一直都不愿面对的问题每日都袭击着我的意识——大学会因为我的身体条件而拒收我吗？我用力摇了摇头，想把这个听起来让人如此不安的问题甩出我的意识。不会的，我的成绩在全年级都遥遥领先，如果我上不了大学，所有的人都会为我鸣不平的。

　　"夏娟，要是大学不录取你，怎么办？"妈妈坐在沙发上，话语里充满了担心和不确定。

　　"如果我今年不被录取，那我就去复读。我不求分数增加多少，我只希望能用一年的时间再去换取一次上大学的机会。"我一口气说出了自己的答案，但在回答妈妈这个问题之前，我从来没有想过自己会去复读。

　　"复读？那如果明年你再不被录取呢？"妈妈继续问我。

　　"那我就再去复读一年，直到大学录取我。"说完这句话，一种悲壮的感觉在我的心底涌动。

　　妈妈没有再问下去，因为妈妈从我的答案里，已经知道她的女儿会怎么做。

今天是本科录取的最后一天。被大学录取的希望在我的心底一点一点熄灭,从明天开始,就是专科的录取时间,我明白,所有的大学都不会录取我了,就因为我不能正常走路,就因为我比别人多了那么一双拐杖。可是,我不甘心,不甘心十年的付出和辛苦,就这么付之东流。我要上大学,我一定要上大学。

"叮铃铃……"客厅里的电话急促地响了起来。

"喂,我姐啊,在呢。等下啊。"妹妹放下电话,小跑着走到屋里:"姐,电话,找你的,好像是俊青哥。"

"哦。"妹妹的话并没有激起我太多的注意。

"喂。"我对着话筒,用力挤出这一个字。等待录取的这段时间,我觉得自己的力气仿佛都给消耗殆尽了。

"夏娟,你名字的这两个字是怎么写的?"在省交通厅工作的俊青哥一直都很关注我考大学的事,隔两天就给我打个电话,询问我高考的进展情况。

"夏,是夏天的夏,娟,是女字旁那个娟。"我机械地回答着俊青哥的问题,可当我回答完,我的心抽动了一下,难道有我的录取信息了? 否则,俊青哥为什么问我的名字具体是怎么写的。不,这不可能,是我心里对上大学的期盼太强烈了,是我太敏感了。

"嗯,那应该没有什么问题了。"俊青哥隔着电话,爽朗地笑了起来。俊青哥的笑声好像一架起重机,将我的心瞬间提到了嗓子眼。

"哥,难道……我被……录取……了?"我如履薄冰地说出这句话。

"是,我刚在报纸上看到录取结果。"俊青哥肯定地回答。

"可是,哥,我刚才还拨打了录取查询热线,说还没有我的录取信息。"我有些不相信,我想俊青哥一定是弄错了,也许这个被录取的人和我恰好同名同姓。

"报纸发布信息的速度是最快的,你一会儿再打电话查下。那就先这样啊。"俊青哥挂断了电话,可是,我握着电话的手在颤抖,在出汗,我觉得这太不可思议了,我怎么会被大学录取呢? 我现在会不会是身在

梦中呢?

好不容易捱过了半个小时,这半个小时里,我什么都没有做,就这么守在电话机旁,望着墙上的挂钟一秒一秒转过,我从来没有觉得时间是这么漫长,漫长得都有些煎熬。

我把我的准考证信息输入了电话,当我等待里面那个机器语音响起的时候,我感觉到自己的呼吸仿佛都停止了,上下牙齿在不停地碰撞着。

"恭喜您,您被录取了,您被录取的院校和专业是——大连大学生物工程学院生物工程专业!"听完这句话,我放下电话,颤抖着对妹妹说:"我被大学录取了!"

"姐,太好了! 你可以上大学了!"妹妹快乐地像只小鸟,在我面前激动蹦跳着、欢舞着。我也好想能站起来,和妹妹一起蹦、一起跳,哪怕只能跳这么一小会儿。可是,激动的泪水却模糊了我的眼睛。

我终于考上大学了

我被大学录取的消息就像是过节时燃放的烟火一样,在家人之间引起了一波又一波的激动和兴奋,而我却有一种恍惚和朦胧的感觉,总觉得自己是在做梦,因为这样的一幕不知道在我的梦境里出现了多少次。

我必须做点什么,好让自己相信自己真的考上了大学,自己真的成为了一名大学生。我架起拐杖,走到电话机旁,抓起话筒,犹豫了几秒钟,先拨通了吕老师家里的电话:

"吕老师,我考上大学了!"我想能用最欢快的语调把这个好消息告诉给吕老师,可是,就在这句话即将说出口的时候,我还是放慢了语速,我担心自己太过于激动,连句完整的话都不会说了。

"夏娟,我早就说过,你肯定没有问题。你一定可以的。老师真为你高兴!"吕老师的声音明显有些颤抖,仿佛比我还激动。不知道是受到吕老师情绪的感染,还是这样相似的情绪其实早就在我的身体内储备好了,眼泪像断了线的珠子,滴落在我握着电话线的手背上。

挂断吕老师的电话,我用手指擦了擦脸上的泪水,没有放下话筒,直接又打给了俊青表哥:"哥,我已经在电话里查过分了,我真的被大连大学录取了。"

"呵呵,这下我也可以放心了,好好休息段时间,等着大学的录取通知书吧。"俊青哥灿烂的笑声一下子让我的感觉回归到了真实里,我不再怀疑,我很确定,自己真的真的考上大学了。

我回到自己的房间,轻轻把房门反锁。直到这个时候,我内心压抑

　　和控制的情绪像是一座休眠了太久的火山,瞬间在我的心底喷发。拐杖从我的腋窝里摔落,跌倒在床沿上,我的两条腿摇晃着跪在了地板上,我把脸埋在床单里,无声地哭泣了起来。

　　残疾的身体带给我的不仅是躯体上的疼,更有心灵上的痛。面对这些疼点、痛点,除了拒绝、排斥、否认和逃避之外,我还能做些什么?

　　我一直都在苦苦思索这个问题的答案。终于,透过我残疾的身体,我听到了内心深处那句最有力量的呐喊——改变它! 我不由得为之一震,原来命运是可以扭转的。

　　因为我有一个残缺的身体,所以在我的内心深处,总感觉有一个角落是缺失的,这种"缺失感"转化为一种不可遏止的动力,让我竭尽全力地去寻找一种方式,来填补内心的不完整。终于,我找到了拯救自己的载体,那就是知识。我要用知识去愈合内心的伤痕,我要用知识去搏击命运的风浪,我要用知识去还自己一个最最完整的人生。

　　命运常常把我推到"战场"的前沿,面对这些没有硝烟的战争,我是拿起武器去和命运厮搏一场,做个无惧无畏的勇者,还是丢盔弃甲,做个彻头彻尾的懦夫? 为了能在严峻的条件下生存下去,为了拥有抵抗风雨的力量,我知道自己必须选择前者,并且毫无疑问。所幸的是,在这么多场战役里,我一直都在做胜者。

　　当面对生活中的困难时,如果我们内心的力量不够强大,也许我们会把残疾作为一个理由,对自己说,也对他人说"我不行"、"我做不到",可是,一旦我们用勇气置换出心底的担忧,进而激发出我们的生命力量时,我们就会惊讶地发现……自己仿佛屹立在高山之巅,整个世界都被我们俯瞰。

　　作为一个身有残疾的女孩,我知道自己的生命肯定具有和身体健全的人不一样的风景,但是我始终相信:那些健全人能做到的事情,残疾人通过自己的努力,也可以做到,而且还可以做得更好。所以我在走和身体健全的人一样的路,尽管我走得缓慢一些,坎坷一些,艰辛一些,可是,我终归还是做到了!

　　床头墙壁上挂着一副字画,这是吕老师送给我的,上面有两列潇洒飘逸的毛笔字:"人生路处处风雨阻,莫为难,有志者事竟成。"此时此刻,我更加深刻地领悟到了这句话的含义,也更加懂得了吕老师当初送我这幅字画的良苦用心。

我把目光从字画上移到窗外,院子里阳光灿烂,空气清新,多么美丽而可爱的时光啊!

第五章

全新的大学时代

选择了一条路，就意味着要接受这条路上全部的风景：无论是鲜花满地，还是荆棘坎坷；无论是晴空万里，还是风雨交加；无论是短途行军，还是漫漫征程。因为选择，所以无悔。

第一次坐电梯

2002年9月6日,是我大学报到的日子。这又是我人生当中一个大的转折点。

我用了整整十年的时间,成为了一名大学生,我的梦想终于开出了馨香的花蕾。

今天爸爸妈妈送我去大学报到,阴沉的天空中飘洒着零星的小雨,火车站里乘坐电梯的人很多,密密麻麻的人群,让人觉得有些压抑。

电梯缓缓向上升起,像是一把折叠在一起的扇子,在电流的作用下,快速地被拉展开。看着那些台阶不停地向上迅速滚动着,一秒也不停歇。我的心就慌慌的。

"夏娟,别害怕。你看那么多人都是坐电梯上去的。来,抓着我。"妈妈把手里的行李包递给爸爸,伸出双手摆出护卫我的姿势,鼓励我大胆点。

在妈妈的鼓励下,我深吸了一口气,然后又慢慢地吐出去,想把自己的胆怯统统排出自己的意识。

"夏娟,没事的,读初中时你不也上了三年的楼梯吗,电梯和楼梯应该没有太大的差别。"

这么想着,我抬起行动相对灵活的右脚,踩到了电梯的第一个台阶上。当我的脚碰触到电梯时,我突然感觉身体仿佛在被一股巨大的力量拆分着,我的右腿随着电梯快速往上拉去,而我的左脚和手里的双拐却还在地面上站立着。

我感觉自己的大脑突然变成一片空白,我不知道该怎么办,只听见自己的嘴里大声地喊出"啊!"自己的身体就毫无控制地摔向电梯。

"夏娟!"妈妈的声音在我耳边慌乱地响起,周围的人群变得混乱了起来。大家一边乘着电梯往上走,一边回过头把好奇的目光投向我所在的位置。

妈妈的手抓住了我,我感觉到我的身体在被妈妈奋力向上提起,爸爸早把手里的行李扔在了地面上,和妈妈一起把我从电梯上拉了下来。

我的意识仿佛被这突如其来的一幕凝固了,我甚至都没有力量去分辨自己摔疼了没有,我只感觉到自己的心跳得很快,好像是一只接到作战命令的木鼓,扑通、扑通地狂跳着。

"早知道这样,就去走楼梯了。万一摔着了,可怎么办?"爸爸着急地埋怨着妈妈,可是,我分明感觉到,爸爸的语气里是对我太多的心疼。

"爸爸妈妈,我没事,一点都不疼。"我尽力掩饰住内心的紧张,用力对着爸爸妈妈笑了笑。

"没关系。夏娟,我们再坐一次电梯。这次,妈妈扶着你。"妈妈望

2002 年 9 月,考入辽宁省大连大学

75

着我,目光里充满了鼓励。

不知道为什么,看着妈妈的眼睛,我感觉心底仿佛有一个虽然很细微,但却很清晰的声音在对我说:"夏娟,再来一次!"

"嗯。"我朝妈妈点了点头。我不能让妈妈失望,就算再摔倒一次,我也得坐这个电梯。

看着陆陆续续把双脚踏到电梯台阶上的乘客,我发现他们好像都是边把脚放到电梯上,边用手扶住电梯的扶手。怪不得我刚才摔倒了,可能是因为我没有把手放在扶手上,只把自己的一只脚放在了电梯上。

"夏娟,上吧,没事,妈妈在你身边护着你。"妈妈的语气既肯定又坚定,仿佛一阵暖风在我的心头柔柔地拂过,我意识里的担忧和顾虑顿时消减了大半;妈妈的话又像是一副坚固有力的钢架,将我心底那摇摇晃晃的安全感又重新扶正、归位。我清晰地感觉到……战胜电梯的勇气和信心越来越有力地在我的身体里流动。

我转过身,面向电梯,将拐杖向前挪动一小步,当我的身体做出向前倾的准备时,我感觉到心底好像有个声音在用力呼唤着:"夏娟,别去,你会再次摔倒的。"同时一股无形的力量,在用力地向后拉扯我,我的身体突然变得很僵硬,好像靠近电梯就是靠近了一个我无法控制的险境。

妈妈已经站在了电梯跟前,回头望向我,妈妈的目光充满了期待和鼓励。就在妈妈这样凝视的眼神里,我的脚步开始移向电梯。

妈妈站立在了电梯跟前中间的位置,把靠近电梯扶手的位置留给我。我忐忑地将右脚放在了电梯正在升起的第一个台阶上,立即以最快的速度抓住电梯同步上升的扶手,同时把左脚和拐杖收回到电梯上。当我的整个身体都随着电梯向上升时,我的身体开始摇晃起来。

"完了,听天由命吧。"我闭上眼睛,大脑一片空白。当我做好再次摔倒的准备时,妈妈的双手搭在了我的后背和肩膀上。

一种熟悉的踏实感和安全感,通过妈妈的双手,传递到我的手臂上,又像海浪一样,瞬间涌遍我的全身。

我也能自己洗衣服

　　我热切地推开了大学的校门,当我准备张开双臂,拥抱象牙塔里的美丽、浪漫和精彩时,生活里的困难却首先摆在了我的面前。

　　站立在水池旁,两只拐杖架在我的腋窝下,支撑起我整个身体。我的双腿几乎是不能移动的,好像是两棵细弱的小树,被根植在泥土里。我的脑海中浮现出同学们站立在水池旁洗衣服的画面,她们像是一只只快乐的小鸟,可以在水池边沿灵活移动着,当她们感觉到累的时候,她们可以在水龙头下接满一大盆清水,再把它们轻松端到地面上,蹲在地面上清洗衣服。

　　这样的画面是丰富的,活动的,是充满自由的。而我,却只能把两条腿静止在地面上同一个位置。

　　当我的双手开始在泡沫里揉搓衣物时,拐杖也开始在我的腋下不停地摇晃着,仿佛一个活泼顽皮的孩子,极力想挣脱我手臂的控制。我的意识集中、又高度紧张着⋯⋯

　　我把拐杖往腋下夹紧了点。

　　我提起白色的裙子,准备投洗。当我的双手把裙子从盆里提出来的时候,"啪,啪"刺耳的声音传到我的耳朵里,我的心"咯噔"了一下,一种危险感立即袭击了我,两只拐杖重重地摔倒在了水房的地板上。我的身体开始剧烈摇晃,像是一座失去了支撑、即将坍塌的楼宇,我扔掉手里的裙子,快速抓住水池边沿,心跳止不住地狂乱起来。

　　"好险!"我擦去额头上的汗滴,深呼吸了几下,紧张的感觉才稍微平息了一些。

抓着水池的边沿，我慢慢蹲下身体，把摔倒在地面上的拐杖捡起来，重新架在腋下。

"得想个办法，否则拐杖还是会倒下去的。"我把手上的洗衣粉泡沫用清水冲洗掉，脑海里搜索着解决这个问题的方法。如果我搬个凳子，坐在上面，就不用再拄拐杖，也不用再担心拐杖摔倒下去了。

可是，我的身高没有发育到正常高度，如果坐在凳子上，我看不清楚盆里的衣物，而且脖子用力向上昂着，也会很吃力。

"如果把拐杖丢掉呢？"一个大胆的想法浮现在我的脑海里。这么想着，我把身体往右侧稍微转了转，左手抓着水盆的盆沿，右手把两只拐杖从腋窝下慢慢抽取出来，合在一起，倚靠在距离我身体不远的水池沿上。

没有了拐杖的支撑，我的身体就像是一间被抽取屋梁的房屋，随时都有摔倒下去的危险。我必须给自己的身体找个支撑点！

我把胸部抵在水池沿上，将自己的身体轻轻倚靠上去，我几乎是趴在了水池沿上；当我的身体被水池支撑起的时候，我觉得这个用水泥和瓷砖砌成的坚硬的水池好像突然具有了某种灵性，变得很有力量，很强大，这种信任感让我很放心地把自己交给它。

水房里不断有同学走来走去，我不敢扭头去看，甚至都不敢分半点神，我所有的意识都集中在我的胸部和水池接触的部位，仿佛只有这么全神贯注，我的平衡感才能多维持一会儿。

我把相对灵活的右腿，往前探出，略微弯曲，抵住水池的壁面，这样我的身体和水池之间就又多了一个接触点，心里也随着增加了一份安全感。每当我的身体轻微活动的时候，右腿的膝盖也在水池壁面上左右摩擦着，摆动着。还好，我身体的协调能力还没有完全破坏，存留的那部分平衡感让我仍直立在地面上。

没有了拐杖的支撑，我感觉到自己的双脚和水泥地面接触地更加用力了。一种坚硬的碰触感从我的脚底升起，沿着我的身体，渐渐往上涌动着。

不知道从什么时候，这样的一种坚硬感转变成了一种酸胀感，一股隐隐的麻痛感开始在我的腿部积累，加重。我的小腿像是一只被逐渐吹起的气球，憋涨的感觉让我很不舒服。

"也许活动一下腿，我会感觉舒服些。"这么想着，双手仍然紧紧抓着水池边沿，我尝试着把右腿向外迈出一小步，又慢慢收回来，反复做了几次，小腿肚里面那种憋涨的感觉稍稍消减了一些，双腿不再像刚才那样僵硬了。

没有了拐杖的约束，我的胳膊就能自由伸展了。

我的双手在水盆里揉搓着，快乐在我的心底飞旋着，犹如一只美丽的蝴蝶，舞动在我心灵的花园里。

令人难忘的野炊活动

初秋的大连,阳光温和,空气清爽,特别适合郊游。可是,我行动不方便,所以在我之前的生活中,从来都没有"郊游"这种行为的痕迹,直到这一天的到来。

晚上,我坐在宿舍书桌前看书,屋里只有我一个人,其他同学都去教室上自习课了。明天又是周六了,对于我而言,周六和平时的区别,仅仅是不用去教室上课而已,除此之外,再也没有什么独特的地方。不一会儿,我听到了同学们下课回来,在宿舍走廊里追逐嬉闹的声音。

宿舍房门被"吱呀"一声推开了,媛媛和侯宇一前一后争抢着冲进了宿舍,脸上带着比赛的紧张感和嬉闹的愉悦感。她们两个人的出现让整个宿舍立即热闹了起来。我转过头,微笑地望着她们两个。

"夏娟,同学们刚才在班里商量着明天要去大黑山里野炊,我们决定带你去。"媛媛一边把斜跨的书包摘下来,一边高兴地通知我这个消息。

"明天去大黑山里野炊?还要带着我去?"我惊讶地一连抛出了两个问题,和同学们一起去野炊,虽然我曾憧憬过无数次,可是那也仅仅限于想象,我从来都没有想到,这一幕会真的在我的生活里成为现实。

"对啊,明天上午九点集合。夏娟,野炊的时候,你想吃什么,我明天一早就去超市里给你买回来。"媛媛说完,就从床底取出脸盆,去水房洗漱了。

第二天上午,我早已收拾完毕,坐在轮椅里,激动地等待着出发那一时刻的到来。同学们都集合齐后,我们就朝着大黑山的方向走去。

穿过宽敞整洁的校园，我们来到了位于学校后方的防火通道。这条曲折的小路上很安静，除了同学们的谈笑声，就是不知从哪棵树上响起的鸟鸣声。

我坐在轮椅里，微微闭上眼睛，深深呼吸着山林里的空气，我仿佛闻到了大自然的味道。

"咱们就从这条小路上山吧。据我了解，这条路相对好走一些。"体委邢大巍站立在人群最前方，指着一条极其狭窄、并且杂草横生的小路说道。在大巍的指挥下，同学们依次拐进了窄道上，沿着小路的形状向上延伸着。

而我却不由泛起了难，从路况上来看，轮椅肯定是无法通过的，架着双拐走上去，也是不太可行的。大巍看到了我为难的样子，快步走到我身边。

"来吧，我背你上去。"大巍说完，就转过身，蹲在了我的面前。望望没有尽头的羊肠小道，看看自己现在正炎症发作的双脚，我顺从地趴在了大巍虽然清瘦、但却宽阔的后背上。

大巍抓紧我的两只手腕，猛一向上挺身，我立即脱离了地面，世界在我的眼里，瞬间拥有了高度。

大巍修长的双腿在狭窄的小路上欢快地向前行进着，我的两条腿则像是悬挂在房梁上晃悠的篮子，不停地摆动着。

大巍的呼吸渐渐加重了起来，呼出的热气一股一股喷射在我的手臂上。

大一时，和同学们一起去大黑山野炊

我很想告诉大巍把我放下来,稍微歇息下再走,可是我知道,其他同学已经走出好远了,只能隐约看到几个晃晃悠悠、小心探路的背影。我只有在心里默默祈祷着能早点来到野炊的目的地。

终于,我们来到了一片平坦的草地上,这里就是我们这次野炊的地点。同学们在地面上铺开一条床单,把我小心放上去,又把食物和重要物品都放到我身边,然后大家四散开来,犹如小溪汇入了无际的大海,那么欢腾,那么喜悦,那么自由。

坐在干净的床单上,我的目光在四周的树木和青草上游走着,混杂着泥土气息的香草味儿钻入了我的鼻子,一种熟悉的感觉盘旋在我的心头。这多么像小时候姥姥带我去田间摘棉花,把我放在地面铺好的床单上的情景啊。

我抬起头,天空是那么湛蓝和纯净,几朵白云在空中像柔滑的锦缎一样铺开,让人瞬间忘却世间的一切喧嚣,只静静聆听心跳的声音、呼吸的声音、生命的声音。

当我想起一会儿我们就可以把带来的食物全部打开,同学们围坐在一起,随意地交谈着心中的感受,我就突然有种想唱歌的冲动。

这是我第一次去野炊,也是我至今唯一的一次野炊,它就像是一首轻柔的歌谣,在我的大学生活里甜甜地轻唱着。

我提炼出了美丽的青霉菌

如果说理论课让我从文字中吸取了知识的精髓,那么实验课就让我体会到动手操作的快乐和肢体活动的自由。尤其是一次实验课上的小小成就,更加让我对亲自操作实验充满了向往。

实验老师讲解完实验操作的流程和注意事项,同学们就四散开去,开始准备实验所需的药品和仪器,试剂瓶和实验台细碎的摩擦声开始在实验室里响起。我们小组五个人,向生光和袁文珏去楼下实验室领药品和试剂去了,琨岭和海燕站立在实验台一侧的水池前,用毛刷仔细清洗着各种型号的试管。

我穿着白大褂,独自坐在实验台前。望着琨岭和海燕低头清洗着试管,我心里是那么地羡慕,在我看来,能去清洗试管是一件令人幸福的事情。可是自己什么都不能做,只能像这样坐在凳子上,观察着同学们的忙碌。

"不能就这样静静坐着了,我必须做点什么。"一个强烈的声音在我的脑海里发出急切的呐喊,想让自己从无所事事里摆脱出来。

"可是,我能做点什么呢?"我的大脑快速思考着,好想能尽快找到这个问题的答案,让自己能真正融入进这片忙碌中,而不再徘徊在这处风景的边缘。

我打开实验教程手册,翻到今天的实验说明,一字一句阅读着实验的要求。突然,一句话让我的心头不由一震"将酒精分装到 10 个试管里,每个试管的酒精量为 20 滴"。这句话就像是一粒火种,点燃了我心底那缕喜悦的小火苗,我的身体被喜悦,不,是被一种难以言说的激动

大一时，在实验室里专注地做实验

感瞬间环绕。

我终于知道自己可以做什么了，我可以把酒精先准备好，这样等海燕她们一会儿把试管清洗完，就可以把酒精分滴到试管里了。

我终于有事可做了！我在心底不禁为自己的这个发现欢呼着。

盛有酒精的试剂瓶放在实验台的最高层，我必须把酒精先取下来。这样等生光和文珏把仪器领回来后，等琨岭和海燕把试管清洗完毕，就可以立即分装酒精了。其实，我知道自己这么做，为整个实验的过程根本节约不了多少时间，可是，我却很需要这种感觉——我也可以做点事。

我站立起来，把一只拐杖放到腋窝下，然后伸出另外一只手去取实验台上的酒精瓶，可是，实验台的高度让我的手根本无法触及到酒精瓶，一种隐隐的无力感悄悄漫上我的心头，我第一次感觉到自己身材矮小原来是这么不方便。

"怎么办呢？我怎么才能够得着酒精瓶呢?"突然，我想到了身后的凳子。我把拐杖收好，依靠在实验台边沿，把凳子拉到实验台前，右手扶着实验台，左手把左腿小心提起来，跪到凳子上，双手支撑在实验台面上，往下猛然用力，我的右脚就脱离了地面，我身体的高度就提升了上去。

我轻松地把酒精瓶从实验台架子上取下来，准备重新站立到地面上。可是，当我的身体往下落，左腿用力的时候，凳子突然往后滑去，我的大脑一片空白，嘴里本能地喊出一声慌乱的"啊！"整个身体就摔倒在了地面上。

"夏娟……"海燕和琨岭放下手里的试管,边甩着手上的水滴,边向我跑来。"摔疼了没有? 你坐着别动,那些试剂,等会儿我来拿。"海燕边用力搀扶我,边有些心疼地叮嘱着我。

"可是,你们都不在我身边的时候,谁能来帮我呢? 我必须学会独自做这些事啊。海燕,快看看那些酒精。"我坐回到凳子上,非常担心这些酒精毁在了我的手里。

"放心,酒精瓶的盖子很紧,没有洒出来。"海燕把歪倒在实验台上的酒精瓶扶正,接着把其他的试剂瓶也从实验台上取了下来。

望着安然无恙的酒精瓶,我长长舒了一口气,尽管我的后背已经开始隐隐发疼。

有了这次试验摔倒的经历,在今后的实验中,我更加小心翼翼,即使很小的一个试验操作步骤,我也认真琢磨,争取熟练地操作。同时更加坚定了我要亲自动手的信心,只有这样,才能真正领悟试验的要领和蕴含的规律。

青霉菌的观察试验。我按照试验手册上的步骤提示以及老师的指导,分离出了青霉菌。当我在高倍显微镜下看到自己亲自做出来的青霉菌图片时,我简直惊喜极了。

长长细细的菌丝朝同一个方向散发着,特别像一把把小扫帚。原来我身体炎症发作的时候,给我静脉里注射的青霉素消炎液就是这样的霉菌生产出来的啊。我不由地感叹起眼前这小小的微生物,被我排斥了无数次的青霉素药液居然是这么美丽的霉菌制造的,太不可思议了。

"大家可以来欣赏下胡夏娟提炼出来的青霉菌,很漂亮!"实验指导老师张庆芳教授从我的显微镜前观察了几下后,就提议让同学们来观察我的实验结果。

望着同学们争先恐后地聚集在我的显微镜前,我感到一种浓浓的成就感。所有的付出都是有收获的,只要肯去努力。

冒雨也要去上课

天空非常阴沉,浓灰色的乌云笼罩在校园上空,朝同一个方向急速狂跑着,乌云像是要吞噬掉整个世界。现在刚刚过完午后,可是越积越厚的云层将最后一缕阳光也无情地剪断了,昏暗奔涌着侵占了校园里的每一个角落。

也许是被这样突如其来的恶劣天气吓住了,同学们不愿去上这门枯燥,而且还是选修性质的哲学课。可是,马上就要期末考试了,上次课结束的时候,哲学老师说这节课要对本学期的课程内容做一下总结,并提炼一下考试的重点和难点。尽管这只是一门选修课,我也应该尽力把它学好,这样才能对自己有个交代。

风呜咽着在我的身边旋转,地上的纸屑无力地被丢在地上,又无情地被抛向空中,好不容易被一丛青草揽入怀里,又被张狂的旋风踹到了墙角。我不由得抓紧了衣领,想把身体表面所余不多的温度尽量保留住。

也许,我这样的举动仿佛惹怒了卷风,它的阵势猛然庞大了起来,我刚微微张开嘴唇,想深呼吸一下,好缓解一下自己的紧张,可是,猛烈的旋风像是接收到了不可违抗的命令,冲撞进了我的口腔和喉咙里,我感觉到强烈的窒息。

地上已经溅起了雨滴,我停下前行的拐杖和脚步,把背后的书包取下,拿出出门前装进去的绿色雨衣,迅速套在身上。可是,这雨却是如此性急,我还没有来得及把雨衣的帽绳系上,地上的雨滴就连成了线,汇成了面,顷刻之间,地面上再也看不到一丝干燥的痕迹。

　　我用力把拐杖往前挪动着,好想能快一点走进上课的教室。可是,这雨就像是一群叛逆的孩子,手挽着手,肩并着肩,聚拢在我的面前,合成了一副重重的水帘,又升起股股浓浓的白烟,将我的视线阻挡住,无法向前。

　　我略微低下头,尽量把目光投向下一步要走的地面,可是就是这么轻轻地一低头,雨衣帽就像是耗尽最后一丝力气的兵卒,无奈地向后倒去,我的头发再没有一丝遮挡,雨水疯狂地浇透了我的头发,也有些生疼地击打着我的脸颊。

　　我费力地把手里的眼镜和腋下的一只拐杖移到另外一只手里,腾出胳膊,抓住歪倒着的雨衣帽,然后迅速扣在我早已湿透的头发上。可是,一股冰凉的液体沿着我的脖颈,淌进了我的脖子里。我没有想到,只是这么短的时间,雨衣帽里就蓄满了水,一滴不漏地渗透进了我的衣服里。

　　周围偶尔有其他赶路的同学快速从我的身边跑过,我多么也想能像他们那样,丢掉拐杖,迈开双脚,大步地向教室的方向跑去。可是,我跑不掉,腋下的拐杖像是一副锁链,牢牢地将我束缚在拐杖上面,而且每当我向前走一步,我都得把拐杖也往前带一步。我突然觉得拐杖是如此冷酷,让我就这样缓慢行走在无休无止、越下越大的冷雨中,承受雨水的泼洒。

　　雨水的寒凉让我不禁打了个寒颤,风卷起了雨衣的下角,又趁势钻进了我的衣服里,我感觉到一股透骨的寒气,将我包围、缠绕。

　　抬头,望着那已经隐约可见的教学楼,我鼓起身体里已经耗费掉大半的能量,对自己使劲一遍又一遍说着"夏娟,再坚持一下,马上就到了!"为了不去关注眼前的困难,我望一眼接下来要走的方向,就匆匆低下头,数着脚步。这样,我所有的注意力都会集中在……"我在逐渐接近教室"这样一个意念上。

　　终于,我走进了上课的教室。偌大的阶梯教室平时能坐下两百多人,但现在,只稀稀落落地散坐着三十多个人,老师已经站立在讲台上,开始讲解着这节课的内容。我慢慢找到前排挨着过道的一个位置,脱

每一次学习,我都无比珍惜(左一是作者)

下雨衣,坐在凳子上。

  挂在桌子边角的雨衣滴答着雨水,刘海上的雨滴也一滴一滴落在我的胸前,衣服居然全部湿透,黏黏地粘在我的身体上,很不舒服。一阵细风从窗户外面钻进来,吹在我的身上,我的鼻子一阵发痒,连打了好几个喷嚏。

  可是,当我掏出课本和笔,开始根据老师的提示,在上面标注出考试的重点和难点时,我的心里像是照射进了阳光,晴朗而明亮。

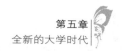

首次独自坐公交车

进入大学生活，我就像是开始了第二次生命，犹如一个脱胎的新生儿重新打量和探索这个世界，我对周围的一切充满了好奇，燃起了触摸的欲望。当然，也不可避免地，我要克服许多困难。

刚走出大学校门，我就看到马路对面的公交车准备发车了，车身缓缓向马路边沿挪动着，候车的人流也排好长队，有序地向车门的位置走去。我不由得加快了脚步，把手里的拐杖尽力快速地向前交替挥动着。

今天是我第一次自己坐车出去，我的目的地是市区的家乐福超市，倒不是想买什么东西，我只是想尝试下，没有同学的陪伴，自己是否能独自一人坐车出门。

来到公交车车门时，车下的乘客已经没有多少了，车里黑压压一片，说话声此起彼伏，从车门内飘出来，可能是车上太拥挤了，乘客上车的速度也慢了很多。

上车的门道是三层台阶，虽然比较宽敞，但是却有些陡峭。我把右脚放到最下面的台阶上，使劲儿踩住台阶的地面，往上猛然用力，我的拐杖就脱离了地面，放到了车门第一个台阶上；我伸出左手，抓住车门附近的把手，往上提拉自己的身体，这样我就站立到了第二个台阶上。当我用同样的方法把身体完全挤到台阶上时，车门就"砰"地一声关上了。

车内人真多。不仅没有了空座位，就连过道上都站满了人，即使扭转一下身体，都是非常困难的事情。周围都是站立着的乘客，因为我个子矮小，我感觉自己像是掉进了一个由人的身体砌成的深井里，抬头只

能看到公交车的车身。别说我的身体了，就算是我呼出的气体，好像也只能在我头顶上方这一有限的空间里回旋。

公交车在匀速行驶着，我的身体也随着车身来回轻微摇晃着。

突然，车子猛一减速，我不由得向车子前进的方向倒去，慌乱中，我本能地伸出双手，抓住了紧挨着我的一位年轻男子的胳膊。

"对不起，对不起。"我连忙向这位突然被我拽住的男子道歉，一边把自己的身体立正，重新恢复到先前的姿势。

这样不行，车子再调速的话，我还是有摔倒的可能性的。怎么办呢？我透过左右晃动的乘客身体的缝隙，想搜寻到一个支架类的东西，可以让我依靠。

我的眼睛突然一亮，内心涌起一股兴奋和难以抑制的喜悦，我隐约看到离我不远的地方，有一根直立的扶手，尽管这根扶手的周围已经挤满了人，但是，扶手的下方还是有位置的，我个子比较矮小，扶手下方的位置正好可以给我用。

"对不起，请让一下，我想过去。"我使劲挪动着自己的身体，像是发现了一根救命稻草，艰难地向那根扶手挪去。周围的乘客有的注意到我手里的拐杖，主动给我腾出空间，让我尽量方便地过去。

当我把双手抓住那根扶手时，我那紧绷的神经终于松弛了下来。这个时候，我才不再担心车子会突然加速，或者突然减速了。

车子驶进了一处公交车停靠点，身边的乘客下去了一些，周围的空间变得敞亮了一点，我把自己的双脚稍微分开来，想活动活动已经有些僵硬的双腿。

车门关上了，车身缓缓加速启动，可是，我的身体只是轻微摇晃了一下，就恢复到了原来的姿势，并没有像刚才那几次一样，有摔倒的危险。原来，双脚叉开些，和地面成三角形，能防止我摔倒。我的心底重新被喜悦弥漫，只是这种喜悦，和刚才发现扶手想比，多了一份安全感和自豪感。

我快乐地回转头，把目光投向周围乘客的脸上，这时的目光没有了刚才摇晃时，由于无法站稳而产生的尴尬，没有了害怕车子调速和拐弯而时时涌上来的紧张和担忧,没有了祈祷车子快点到达目的地的渴盼。我甚至有点享受就这样像三角架一样站立在公交车里,享受独自一人乘车出门的乐趣和自由,欣赏车窗外快速闪过的建筑和树木,感受和别人一同乘坐公交车的热闹。

"乘客您好,下一站是家乐福站,请您提前做好下车准备,后门下车。"喇叭里响起了温柔的提示公交车到站的声音,我快乐地转过身体,随着下车的人流往公交车后门的方向走去。

车门缓缓开启,下车的人流有序地往车外涌出,我感觉自己的脚步很轻盈。自从我学会了乘坐公交车出门,我感觉生命一下子宽广了起来,我喜爱这样的生活。

跪着讲课也美妙

有个叫张宁的姐姐，曾对我说过这样一句话，当你做一件事的时候，如果每个环节你都做到了尽心尽力，问心无愧，那么结果一定差不到哪里去。只有我们把每一颗珍珠都打磨成珠圆玉润，串联起来的项链才会美到绝伦。我牢牢记住了这句话，并在每一件事情上去仔细体会这句话所蕴含的智慧。

"下面有请胡夏娟同学给我们讲解《从原核细胞到真核细胞的进化》，大家鼓掌欢迎。"刘庆平老师宣告完毕，就从讲台上下来，坐在了学生中间。教室里立即安静了下来，同学们把目光聚集在我身上，等待我开始讲解自己分配到的细胞生物学课程。

我把制作好的课件拷贝到电脑里，用鼠标点击开幻灯片，逐一检查了各页幻灯片的链接，确认没有问题后，我就把目光从电脑屏幕上收回来，准备向各位同学示意我的课程讲解开始了。

可是，当我的目光透过讲课桌，准备和同学们的目光交汇时，我的心不由得咯噔了一下……站立在讲台上，虽然课桌的高度并不能把我全部挡住，可是我还是不能把同学们轻松地尽收入眼底，而且讲课用的笔记本电脑的屏幕竖立着，这更加遮挡了我的目光。

我感觉自己和同学们之间，竖立起了一道高大的屏障，屏障那端是同学们等待我开始讲课的目光，屏障这端是个子矮小、眼前被高高的讲课桌遮挡住大部分身体的我。我的脸倏地开始发热，我能感觉到自己的脸一定非常红，红到了耳朵根，红到了脖子，我觉得只要自己裸露的皮肤，都是尴尬的红色。

"怎么办呢？我总不能不和同学们的目光交汇吧？自己只顾讲自己的课，而不顾同学们的反应，这算怎么一回事呢？我怎么事先没有意识到这个问题呢？"我不由得责怪自己，明明知道自己身材偏小，怎么就没有想到自己站立在讲台上，不可能像其他身高正常发育的同学那样，目光随意地在教室的任何角落里游走。

我往电脑前挪了挪，好让那个小小的屏幕，能阻挡住一部分同学注视我的目光，不要让太多的同学发现……我此刻内心的尴尬和慌乱。

"怎么办呢？我该怎么处理眼前这个问题呢？"我的大脑飞速旋转着，在搜索着任何一个……有可能解决这个问题的方法，原先准备的滚瓜烂熟的课程内容也开始在我的舌边打转。

"夏娟，怎么了？电脑不能正常使用了吗？"刘老师看我还没有开始讲课，站立了起来，走到我身边，低声问我。

"刘老师，我想用个凳子。"被刘老师这么一询问，我的大脑里立即跳出"凳子"两个字，在这个教室里，也只有凳子能帮助我解决眼前的尴尬。

"呀，忘记给你搬个凳子了。"听完我的要求，一丝明显的愧疚感浮现在刘老师的脸上，刘老师立即把我的凳子放在了我身边："夏娟，坐下吧，很抱歉，没有事前替你想到这一点。"原来刘老师是以为我要坐着讲课。

抬手看了一眼手表，我讲课的时间已经过去两分钟了，我必须要开始讲课了，否则我后面讲课的同学就会受到影响。想到时间的紧迫，我往后退了退，把凳子拉到了面前，然后把拐杖从腋窝下抽出来，靠在讲课桌上，双手支撑在讲课桌边沿，左腿跪到凳子上，身体往上一使劲儿，我的整个身体就跪在了凳子上。

当我再次把目光投向同学们时，我感觉自己像是站立在了一座小山上，无论我的目光注视教室里的哪个位置，都是那么一览无余。我可以自由和同学们的目光交融了，这份快乐将我心底的尴尬一扫而光，我觉得自己仿佛真有这么高，而并不是借助凳子的高度。

我的目光投放在刘老师的脸上，刘老师显然因为我这种独特的讲

课方式，感觉到有些意外，不过很快，刘老师的脸上就浮现出一种肯定和鼓励的笑容，我对刘老师笑了笑，然后就开始讲解自己的课程。

当我的意识转移到电脑屏幕上时，我完全沉浸到自己备好的课程里，一种从未有过的新鲜感和成就感在我的体内奔流着，原来讲课的感觉是这么美妙啊。所有的目光都集中在我的身上，整个教室里只有我的声音在回荡着，课程的内容完全由我掌控着，这是一种极其自由的感觉，是一种完全不受身体限制的自由。

当我播放完最后一页幻灯片，跟大家道完"谢谢"，准备从凳子上下来时，我的两条腿居然变得异常僵硬，怎么都没有办法弯曲，一阵酸痛从我的大腿向我全身袭来……

追逐太阳

第六章

爱让彼此温暖

上天剥夺了我行走的权利，可是却用爱为我搭建了一双世界上最有力的双"腿"。这双"腿"撑起了我即将开花的梦想，撑起了我面对困难的勇气，也撑起了我继续走下去的力量。是爱让我的大学生活像一幅画卷一样绚烂精彩。

图书馆和宿舍之间的疼痛

　　我的大学生活里充满了同学们对我的爱,正是在这些爱的温暖和保护下,我才像一株细弱的小草一样,在岩石缝隙里,在风雨飘摇中顽强生长着,感受着生命的不易和美丽。

　　如果没有这些爱,我会陷入无边的孤独和无助里,望着眼前的困难,束手无策,徒留声声叹息。而有了同学们的爱,即使我的生命处于彻骨的极寒,我依然能嗅到春天蓬勃的气息。

　　电脑屏幕上关机的画面出现在我的眼前,终于完成了今天的打字练习任务。因为马上就要参加计算机考试了,所以我必须利用晚上的时间,来到图书馆四楼的机房,练习两个小时的键盘盲打。

　　我把拐杖架到腋窝下,当我的身体从椅子里站立起来的时候,一阵酸痛撕扯着我的腹股沟,我不由得呆立在了原地,不敢动弹半点,汗液立即涌上了我的额头,疼痛像是一张大网,把我死死缠绕住。

　　这几日,我的双脚又开始发炎,腹股沟的淋巴结像是接收到了命令,全部都像小山一样,凸隆了起来。要是在平时,这样的疼痛,我只能躺在床上,是根本下不来地的。

　　为了能顺利通过这次计算机考试,我必须爬上四楼。刚才练习的时候,注意力都在那小小的键盘上,暂时忘记了淋巴结里所蕴藏的巨大痛感。可是,现在,当我的注意力从键盘上抽离出来的时候,疼痛就趁机钻入了我的意识,把我牢牢攫住。

　　"夏娟,别怕,先迈出第一步。"缓缓抬起头,望着那离我只有几步远的机房门口,我闭上眼睛,咬紧嘴唇,把身体慢慢向门口的方向移动,我感觉到自己的心都在战栗。

就这样，我像一只蜗牛一样，一点一点向前移动着，我觉得自己仿佛是世界上最慢的人，我甚至羡慕墙壁上挂着的那个钟表，都可以以那么快的速度旋转着。全世界，唯独我在这里极其缓慢地移动着。

每向前移动一小步，我都感觉自己的体力在减少，我不知道自己还能向前走多远，我不知道自己还要多久才能走回宿舍，才能躺到床上去。我用手扶住墙壁，好让自己不倒下去，好让自己能感觉到一点支撑力。

楼梯口明明就在眼前，可是我却觉得它距离我好远好远，远得我甚至怀疑自己能不能走到它面前。

此时，我都不敢再想回到宿舍那一刻，那一刻对于现在的我来说，成了一种奢侈，成了一个遥不可及的梦。我只想自己能走到楼梯口，能抓住那个朱红色的楼梯扶手。可是，就是这么简单的一个心愿，我都觉得需要付出好大的努力才能完成。

来到楼梯口，我感到身体已经非常疲软，双腿像是抽筋一样，在不停地颤抖、抽搐。我突然好期待，自己并不是站立在楼梯口，而是站立在自己的床前，我好想把自己的双腿立即放到床上去，平放起来，再也不动弹。

其他同学陆续从机房里走出来，经过我的身旁，蹦跳着走下楼梯。看着他们如此轻松地走下去，我真的好羡慕，我觉得他们就像是一只只小鸟，只需展开翅膀，就可以自由飞下楼梯。而此时的我，除

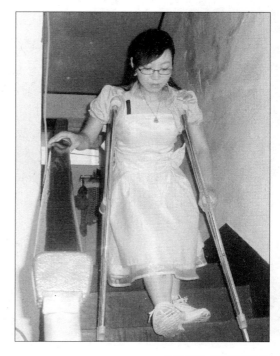

走出机房，准备下楼梯

了自己的眼睛在有规律地眨动着,我真的怀疑自己是不是一尊雕像,就这么伫立在楼梯口。

"同学,需要帮助吗?"一个热情的声音在我身后响起。我费力地抬起头,望向这位长得高大清秀的陌生男同学。

"不用,谢谢你!"我的声音极其微弱,仿佛是用气流送出的那几个字。

"没有关系,需要帮助,你就告诉我。"男孩子一脸阳光,我的心立即感觉到暖融融的,疼痛在这一刻,好像减弱了些。

"真的不用,我可以的。"我努力挤出一丝微笑,好让男同学相信我真的不需要帮助。

"那再见。你小心点。"说完,男孩子跳跃着,几下就不见了身影。

其实,我很想这位好心的男同学能帮帮我,能把我背下楼梯,可是,度过了今晚,我还有明晚,我还有许多个这样的夜晚,这个男同学不会每晚都这么帮我,我必须让自己适应这种痛感,这样我才能把计算机的练习任务进行下去,才能顺利通过计算机的考试,我才能给自己一个圆满的交代。

擦去额上的汗水,我深吸了一口气,准备走下楼梯。

我知道,淋巴结膨大的时候,皮肤是不能碰触,更不能拉伸的。所以,我不能像平日那样下楼梯,我必须把两条腿同时慢慢放到同一个台阶上,这样腹股沟拉扯的力度会小一些,我感觉到的痛感也会少一些。

我把拐杖放到下一个台阶上,望着那高低有致的台阶,我觉得自己好像不是在下楼梯,而是踏上了一条前途漫漫的万里征程。

"我一定会回到宿舍的!"我用力对自己说出这句话。

天使般的海燕

　　我拿起小镜子，看到刘海一缕一缕地贴服在我的额头上，我不禁泛起了愁……我的头发本就是油性的，隔两三天就要洗一回。可是，我的腿还是很疼，连着地都很困难，更别提到水房里去洗头发了。

　　同学们都出去了，只有上铺的海燕静静躺在床上看书。海燕是个喜欢安静的女孩子，她这样的一种特点让我觉得……自己并不总是孤

大二时，我和海燕在校园的一角

独的，不上课的时候，宿舍里除了我，还有海燕陪着我。

我再次举起那把椭圆形的红色小镜子，好想窗外能有风吹进来，把我的刘海吹散开来。我的心就像这缕湿湿的刘海，无力而又粘连。

"夏娟，你是不是想洗头发了？"海燕从床上探出头来，试探性地问我。

我的心头立即有一股暖暖的感觉涌上来，我突然觉得海燕是那么地善解人意，她居然能通过我细微的动作，知道我想洗头发了。

"嗯。可是……我下不了床。"我有些无奈地望向窗外，如果这个时候在家里，妈妈一定会把洗头发的水端到我面前，再用那双温暖的双手，给我把头发洗干净。但是，妈妈现在……远在几千里之外的家乡。

"我帮你吧。"海燕仿佛察觉到了我的心思，把手里的书合上，放在了枕边。

"海燕要帮我洗头发。"我的心底燃起一股喜悦的火苗，但是这股火苗只是在我无助的心海里摇曳了几下，就熄灭了。

"我就把你背到水房里吧。"海燕毫不犹豫地提出这个建议。

"背我到水房？"我几乎是喊出了这句话。海燕虽然长得比较丰满，可是她毕竟是个女生。

"没关系，试试吧。应该没有问题。"海燕把鞋子从床下给我找出来，拿起其中一只鞋子，等待我把脚伸出来。

我咬紧牙齿，费力地把两条腿从毯子里挪出来。

"你先坐着，我把洗头发的东西先放到水房，然后再来背你。"海燕给我把鞋子穿好，就把凳子、开水壶、洗脸盆、洗发膏和毛巾送进了水房。

"来，我背你。"海燕蹲在了我面前，一只手扶在床沿上。

我趴在海燕背上，鼻头突然有些发酸，我觉得海燕好像是上天派给我的天使，在我最困难的时候来照顾我。

"好了吗？我站起来了啊？"海燕的手换了一个姿势，深吸了一口气，把所有的力量都集中了起来，用力往上挺后背。

海燕的身体开始猛烈摇晃，我的身体也开始左右晃动，我真担心自己就这么从海燕的身上摔下来,我更担心海燕会失去平衡,把自己摔疼了。

"嗨!"海燕猛然喊了一声,像是在给自己鼓劲儿。还好,海燕终于站了起来。可是,当我的双腿脱离地面、悬在空气中时,腹股沟淋巴结里那种钻心的扯痛再次向我袭来,我的身体不由得发出了一阵战栗。

我使劲儿咬住嘴唇,我想掩盖腿上的疼痛,我不想分海燕的心。可是,被疼痛带出的眼泪还是滑落在了我的脸上。

海燕的双手紧紧抓住我的胳膊,把我背进了水房。还好,水房就在宿舍的隔壁,并且这个时候水房里没有人。海燕把我放在洗漱池旁边,我把身体靠在水池上,我不知道该用什么姿势,才能让双脚少用一些力。

海燕先用脸盆接了一些凉水,再把开水壶里的热水倒进盆里,调好水温。我把头发浸到水里,一只手扶住脸盆,一只手把水往头发上一点一点洒。我觉得自己的动作是这么缓慢,这么不协调,甚至有些笨拙。

"我给你洗吧。"海燕把袖子挽了起来,就把手伸进了水里。

"不用了,海燕,我自己来吧。"尽管我心里还是愿意海燕这么做的,可是,我又不想让自己感觉到……自己连洗头发这么简单的事都做不了。

"还是我洗吧,跟我还客气呀?"海燕的双手娴熟地在我的头发里游走着,那么温柔,那么舒服,就像妈妈给我洗头发时的感觉。

"夏娟,你从小一定吃了很多的苦吧? 你真的很坚强! 要是换作我,我不知道自己有没有你这样面对困难的勇气。"

海燕的话让我感觉到了一种被人理解的温暖,尤其在疼痛爆发的时候。我紧闭双眼,泪珠就趁势滑进了水里。

媛媛背我冲向厕所

糟糕，我想上厕所了，一阵急促的尿意流窜到我的意识里。

现在虽然是下课的时间，可是我的脚还发着炎，不能下地走路。我该怎么办呢？距离放学还有整整一节课的时间，我很清楚，自己是根本捱不过一节课的时间的，现在，一秒钟都变得像一分钟那么漫长，我无法再安心坐在凳子上，焦急和慌乱把我紧紧围困住。

厕所距离教室并不远，只要走短短几步路，就可以到达。可是，对于我来说，我却觉得这几步路的距离好远，好长，我觉得无论我走多久，都走不到厕所里去。

"啊，你讨厌。"班长刘媛媛和同桌玉媛嬉闹的声音传到了我的耳朵里。我的眼睛突然一亮，好像迷失在黑夜中的路人，突然发现前方有一盏摇曳的灯火。我的心底涌现出了一丝喜悦和希望。

媛媛，希望你能帮帮我。带着一种求救的希望，我扭头望向坐在最后一排的媛媛。媛媛正在和玉媛互相推搡着，两个人都在很开心地笑着。媛媛并不知道，这个时候，我有多么需要她。我就这么远远地望着正在玩耍的媛媛，她的目光始终都没有往我这边看，更没有注意到……我正在用祈求的眼神望着她。

我该怎么告诉媛媛呢，刚才的挣扎和斗争，已经使我几乎没有什么力气了，那最后的一点点精力还在和尿意做着最后的抵抗。我不能大声说话，不能喊媛媛过来。我只能期盼着媛媛能看我一眼，一眼就足够了。

可是，同学们都陆续回到了自己的座位，眼看马上要上课了，我彻底绝望了。当我准备把目光从媛媛身上撤回来的时候,玉媛用胳膊碰了下她,又在媛媛耳边低声说了一句话,媛媛听完,立即把目光投向了我。媛媛站起身,向我这边跑过来。

我把头扭过来,心里有一点点胜利的激动,我觉得自己就像是一个被绳索捆绑住手脚的人,媛媛的手里仿佛提着一把锋利的刀,只要媛媛来到我的身边,我就会彻底解脱。

"夏娟,你是不是想上厕所?"媛媛站在我身边,俯下身子,在我耳边小声地问我。

"嗯。"我很用力地点了点头,我很感激媛媛不用让我回答哪怕多一个字,因为我实在没有多余的力气了。

"来,我背你。"媛媛背过身去,在我面前蹲了下来。

媛媛虽然是班里最高的女生,但是她过瘦的身体,让我有点迟疑。可是,想上厕所的欲望让我顾不得考虑那么多了。我只有一个念头,早一秒到厕所里去。

我趴到媛媛的后背上,顾不得自己还在发炎包扎着的右脚……已经重重踩到了地上,顾不得全班正在注视我的二十多双眼睛,更顾不得去想是不是马上要上课了。

"媛媛,能行吗?"我心里默默问着,不敢大口呼气。媛媛用力地往上挺起,可是,我们还是没有站起来……

"夏娟,你先下来,我站直些,也许会省力些。"媛媛大口喘着气,对我说。

我扶住桌子的一角,从媛媛的后背上站立到地面上。媛媛处于半蹲立的姿势,右手抓住桌子的边沿。我再次趴到媛媛的后背上。还好,当媛媛再次用力时,我们终于在晃晃悠悠中站了起来。

"夏娟,很想上厕所了吧? 抓紧了,我们跑过去,"媛媛说完,就背着我冲出了教室,"借过,借过……"媛媛大声命令着,站立在过道上的同学听到媛媛的声音,快速躲闪开来。

虽然我的腿被媛媛晃动的动作震动地疼痛了起来,虽然上课铃声在楼道里急促地响了起来,但是,我觉得此刻自己是好幸福的一个人,

是全世界最幸福的一个人。因为我再也不用憋尿了，我终于要去厕所里了！

上完厕所，媛媛打开厕所的门，这次媛媛有了经验，身子只蹲下去一点，左手扶住厕所的墙壁，我们很轻松地就起来了。

"夏娟，以后你想上厕所了，就告诉我。你不用不好意思，刚才要不是李玉媛告诉我你在看我，我都不知道你想上厕所，那样你憋着该多难受啊。"媛媛说完，就又背着我冲出了厕所，向教室里跑去。

由于身体的晃动，腹股沟的淋巴结发出令我钻心地疼痛，但是我觉得自己现在是痛并快乐着。悬挂在媛媛清瘦的后背上，尽管有些硌得慌，但是，我觉得好舒服，好畅快……一种从头到脚的畅快！

雨中，同学护我去上课

"雨下得还是这么大，马上就要上课了，怎么办呢？"晶晶有些为难地望向窗外，美丽的眸子里闪过一缕无助和一丝幽怨。晶晶快速看了一眼手腕上的表，脸上的焦急好像更浓了。

晶晶的手机响了起来……

"喂，你们到了啊？行，我们马上出去。"晶晶把手机塞进挎包里，等我穿好雨衣，用轮椅推着我往外走去。

张英杰和袁文珏各撑着一把雨伞，站立在宿舍楼门口的过道上。看到我和晶晶出现，立即迎向我们走来。

"怎么走呢？雨下这么大！"晶晶还是有些担心地问道。

"下这点儿雨，怕什么。再大的雨也阻挡不了我们求知的欲望和前进的步伐。"英杰说完，就转到了轮椅后面，准备推我下台阶。不知道为什么，听着英杰的调侃，我觉得这急速的雨水，变得不再像刚才那么令人担心了。

"我自己走上台阶吧，雨这么大，要是抬轮椅的话，会把大家都淋湿的。"说完，不等大家反应，我就把拐杖架到腋窝下，往台阶上快速走去。

"晶晶，你用伞挡着轮椅的坐垫，尽量别让雨淋湿了。老袁，你给我撑着伞。"说完，英杰将轮椅抱在怀里，双手抓紧轮椅两侧的扶手，用力搬到了台阶上。

雨越下越大，急促的雨滴噼里啪啦地撞击着水泥地面，地面上升腾起一大片白气。等我坐回到轮椅上时，轮椅的坐垫几乎都湿透了，一股湿湿凉凉的感觉穿透我的衣服，逐渐向我的身体蔓延开来。

雨好像在故意和我们作对，丝毫没有减弱的意味，雨衣根本无法遮盖住我的全身，我的裤腿已经被雨水打湿，黏黏地贴到了我的腿上，很不舒服。

突然，一阵清晰的噼里啪啦的声音在我眼前响起，我抬头望去，晶晶把她的雨伞挡在了我双腿的上方，而她则紧跟着轮椅往前走着。我的鼻子猛地一酸。

"晶晶，没事，你不用给我打伞，否则你会被淋湿的。"我用力转过头，有些心疼地大声对晶晶说，声音还没有完全脱落出我的口腔，就被雨声霸道地淹没。

"没关系的，我这把伞大，遮住咱两个人，没有问题。"晶晶边大声地回应我，边往我身边靠了靠，轮椅的轱辘不时地撞到晶晶的腿上，晶晶那条好看的白色裤腿上蹭满了泥点和雨水。我低下头，把目光从晶晶腿上收回来，心里有些愧疚。

"我和老袁打一把伞，晶晶，你把我这把伞给夏娟打，这样我的手就可以腾出来了，轮椅也就好控制了。"英杰停下来，把伞递给了晶晶。文珏像是一个收到命令的士兵，立即快速走到英杰身边，和英杰共撑起一把伞。

就这样，在雨中，我、晶晶、英杰、文珏，我们四个人成了一个不可分割的整体。可是，校园里的道路并不平坦，再加上地面上的雨水积成了肆意流淌的小河，我们四个人前行的速度并不能保持完全的一致，雨水还是在往我们身上洒。

风肆无忌惮地吹着，斜斜地把急促的雨水往我们四个人身上吹洒着。英杰突然停了下来，大家也都跟着止住了脚步。

"老袁，咱俩各自打一把伞，一只手打伞，另外一只手推着轮椅。"马上就要上课了，为了争取时间，大家没有多说什么，以最快的速度按照英杰的吩咐开始行动。

默契，无声地在我们四个人之间传递着、扩散着。这个时候，任何语言仿佛都是多余的。

我们接着往教室的方向走去，英杰和文珏站立在轮椅的两侧，两把

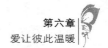

雨伞重叠地挡在我们三个人的头上。我觉得头上的这两把雨伞就像是两位忠诚的战士，它们迎着风雨，尽力伸展着自己的身躯，仿佛要把我们带离这个湿漉漉的世界。

　　也许是积水太多了，地面非常湿滑，再加上英杰和文珏推轮椅的力气大小并不能完全一样，轮椅像是一匹不服驯的小野马，一会儿往左边偏去，一会儿又往右边跑去。英杰和文珏不停地调整着轮椅前进的方向，去教室的路，一下子又漫长了好多……

再节省也要捐款献爱心

没有课的时候,拄着拐杖到学校超市里溜达一圈,是我最大的娱乐和享受。我喜欢自由的目光,只要一转头,一回眸,就可以把货架上数不尽的货物尽收眼底,我喜欢自由地行走,只要我把拐杖往前探出一步,再把两只脚先后跟上去,我就成功移动了自己的位置。

现在是周六的早上,一般情况下,这个时候的校园是属于宁静的,不用上课的同学们有的沉浸在甜甜的梦乡里,有的约上三五个好友,搭乘公交车,到外面的商场里去购物,到波涛阵阵的海边去晒日光浴。

周末的校园里只能零落地看到几个悠然走过的学生。但是,今天这个周末却渲染着一种不愿安歇的热闹。超市所处的钟楼广场的一角聚集了好多学生,人头攒动,声音热烈,不知道发生了什么事,好奇的我不由得握紧了手里的拐杖,加快了脚步移动的速度。

好不容易我才挤到了人群里,这才发现是音乐学院的学生组织的爱心捐款活动。一个红色的捐款箱严肃地静止在一张桌子上,在桌子前方斜靠着一幅宣传板,上面介绍了此次捐款活动的情况:

"张津僮是音乐学院2002级的一名学生,她的父亲刚刚病逝,不久张津僮又被医院诊断患有淋巴癌,昂贵的手术费用对于这个本已不幸的家庭来说,无异于天文数字。我们同是连大人,我们本是一家人,让我们献出一份爱,来挽救一个如花的生命!"父亲病逝,淋巴癌,如花的年龄,当这些字词强行闯入我的目光中时,我的心被狠狠揪了起来。

我仿佛看到一场灭顶之灾正一步步靠近一个悲伤满满的家庭,我的眼前出现一个这样的场景:一个如花似玉的女孩子虚弱地躺在医院的病床上,枕边放着一张无情的病情诊断书:淋巴癌。女孩子眼神无助,面容憔悴,气息微弱。我突然感觉到一种难以遏制的紧迫感,我必须为这个素昧平生的女孩子做点什么,否则我是无论如何也离不开这个捐款箱的。

已经有学生开始把面值不同的钱投进了捐款箱,站立在捐款箱两旁的两位大学生向这些好心人不停地鞠躬,并连连道谢。我不由得把手伸进了自己的口袋,把身上所有的钱掏了出来,我数了数,只有20多块钱的零钱,本来我来超市,只是为了随便逛逛,没有打算买什么东西,所以身上没有带太多的钱。

这可怎么办呢? 这点钱对于这个叫僮僮的女孩子来说,就像一滴水渗透进干旱皲裂的大地,根本起不了什么作用。正在我埋怨自己出来怎么不多带点钱的时候,我想到了放在宿舍钱包里的那张银行卡。

对,我可以去自动取款机上取点钱,这样就可以为僮僮做点事情了。我不由地为自己这个可爱的想法感到激动。

20多分钟后,我已经手持银行卡,站立在了自动取款机前面。我把卡插入插卡处,轻轻一推,卡就被机器吞了进去,输入密码后,我先查看了余额,卡里还有1264元。现在距离放暑假还有3个多月,我该给僮僮捐多少钱呢?

按照我以往的消费情况,我每个月各种开销要用300元左右,再加上放假回家的火车票钱,我至少要留下1000元。可是如果按照这个标准计算的话,我只能给僮僮捐200元。这些钱对于我来说只是生活费,可是对于僮僮来说,却是救命的钱。不行,我得再多捐点,这样我的心才能安定。

这样,从今天开始,我控制住每日的花销,每天的饭费控制在5元以内,早餐一元,午餐和晚餐各2元,这样我只需要给自己留下700元,而把其余的500元都捐给僮僮了。上学这么多年,我做过无数道数学计算题,可是只有今天这道题,是我最满意的题目,也是我最满意的答案。

当我把五张崭新的一百元纸币快乐地投入捐款箱时,负责看管捐

款箱的两位同学几乎是同时喊出了这样一句:"同学,你?……"

我朝他们两位微笑了下,就转过身,轻松而舒坦地向宿舍的方向走去。心里却有一个声音不停地向远方呼唤着:"憧憧,一定要早点好起来!"

一个关于红薯的约定

今年的冬天来得比往年都要早,凛冽的北风像是一只被激怒的狮子,呼啸着从我的身旁闪过,地面上的雪粒被卷了起来,扑簌簌地拍打在我的脸上,我不由得闭上了眼睛。白茫茫的校园里偶尔有一两个人低着头、缩着脖子匆匆走过。

"好冷啊!"我停下手里的拐杖,站立在已经覆盖了地面的积雪中,把手凑到嘴边,使劲儿哈了几口热气,被冻得通红的手指才稍稍恢复了些知觉。

突然,一阵烤红薯的味道钻进了我的鼻子,我知道是宿舍楼外面一个角落里的阿姨,又在卖红薯了。在这样寒冷的天气里,烤红薯的味道愈发显得诱人,就连红薯的香味儿里都好像多出了一股温暖的感觉。我决定先到阿姨那里买一个大大的烤红薯,再回宿舍。

卖红薯的阿姨穿着一件军绿色棉衣,棉衣已经有些发旧,袖口还露出了棉花,脖子里的围巾已经把阿姨的脸遮住了大半,只露着两只眼睛,透射出忙碌的目光。阿姨面前有一个和我差不多高的烤红薯的炉子。看到这个炉子,就让人想再多往前走两步。

"姑娘,要买红薯吗?"阿姨手里握着一把黑色的铲子,刚铲了几块煤炭,准备往炉子里送,看到我站立在面前,就抬头微笑着问我。阿姨的目光很亲切,很温和,像是……妈妈的眼睛。

"嗯,阿姨,给我拿一块儿红薯吧。"我边回答阿姨,边伸出两只手,在炉壁上蜻蜓点水般地触摸了几下,再快速地捂住已经麻木的耳朵。

"好嘞,等着啊,阿姨给你挑选块好的。"阿姨把炉子上的盖子打开,

冬天的校园里，我和朋友玲玲相约一路随行

右手伸进去，来回触摸着。不多久，阿姨就取出了一块肥硕的红薯，紫红色的红薯皮上略微露出了点烤焦的痕迹，一股热气从红薯身上散发出来。"给，姑娘，拿好了。"阿姨把红薯装进了一个白色的塑料袋里，递到我面前。

"谢谢阿姨，多少钱？"我接过红薯，掏出钱包，准备给阿姨付钱。

"不用拿钱了。你吃吧。"阿姨回答完我，弯腰接着挑选煤炭了。

"那怎么行！阿姨，一共多少钱，我有零钱。"我把钱包的拉链拉开，让阿姨看钱包里的零钱，好让阿姨知道我可以把钱立即付给她。

"真的不用给钱了。姑娘，我有个儿子，已经瘫痪了二十年了，看到你，我就好像看到了我儿子。不过，你比他幸运，你还可以走路，还可以念大学。而他……"提到儿子，一股深深的忧伤浮现在阿姨的脸上。

听到阿姨的讲述，我的鼻子也跟着酸楚起来，脑海里立即浮现出一个和我年龄差不多大的男孩子，直挺挺地躺在床上，出神地盯着天花板，也许在憧憬美好的明天，也许在哀怨不幸的命运，也许在思考自己该如何度过今后的人生。想到这里，我更加坚定了要付钱给阿姨，而且是必须付钱。

"阿姨，谢谢你的好意，我心领了。可是，这个钱，我还是得给您。阿姨，您想想，要是我这次不付钱，那我就会觉得亏欠了您什么，那下次我还好意思再买您的红薯吗？"我尽量避开阿姨那位躺在床上的儿子，不想让阿姨知道，我是因为阿姨瘫痪在床上的儿子，所以一定要付钱的。

"这……"阿姨看我如此坚定，就犹豫了。

"这样吧，阿姨，您也可以给我点优惠，比如一个红薯应该付一块二，阿姨可以向我要一块钱，这样总可以了吧?"我朝阿姨眨了眨眼睛，然后掏出了两张一元的钞票。

"那你拿一块钱吧。"阿姨露出了微笑，虽然还有些勉为其难，但是脸上的表情释然了许多。

"嗯，好的。"我从两张一元的钞票里选出一张较新的钞票，递到了阿姨手里。

几天之后，我再次来到阿姨面前，准备再买一个红薯吃。自己多买一块红薯，就可以帮助阿姨多卖出一个红薯，也可以让阿姨多收入一块钱，好给瘫痪的儿子看病治疗。

"阿姨，再给我选个红薯吧。"我快乐地对阿姨说。

"好嘞。"阿姨熟练地在炉子里摸索了几下，就给我挑选出了一个香喷喷的红薯。我担心阿姨再次提出不收我的钱，准备开口，阿姨却抢先说道："一定要收钱，否则我下次就不好意思再买了，对不对?"

我和阿姨同时笑了，我知道我和阿姨已经达成了约定，一个关于红薯的美丽约定。

爱，是旅途饥渴时递过来的一杯水，是大雨急至时撑在头上的一把伞，是大雪纷飞时伸过来的一双温暖的手，是快要摔倒时一把有力的搀扶。正是因为有爱的存在，人们的心灵才得以滋养，变得如草尖上的露珠一样美好。

第七章

我考上了研究生

　　大学毕业，对身体健全的同学们来说，意味着解脱和轻松，可是对于我来说，却意味着艰难和困惑。与其去抱怨，倒不如用这些闲置下来的时间去寻找新的出路。只要不停下前行的脚步，路就永远会延伸下去。

为自己争取一次机会

  冬去春来，夏消秋至，四季在寂静中更迭，转眼我就走到了大四。

  今夜无风，柔和的月光淡淡地洒在校园里，窗台下一两只蛐蛐在不知疲倦地鸣叫着，更加衬托出夜晚的宁静。

  我坐在宿舍里临窗的凳子上，一只手托着下巴，一只手放在腿上，转过头定定地望向窗外，我的身体像雕塑一样一动不动，思绪却像波涛一样在脑海里翻江倒海。为了缓解就业压力，同学们绝大多数都选择了考研，而我如此特殊的身体条件，想在大学毕业后立即就业，谈何容易。所以，我也很想考研。

  可是，想到我无力的双腿，想到我走路时一刻也离不开的拐杖，担心就像开闸的洪流一样，在我的心底不可控制地肆虐。我害怕报考院校会因为我的身体条件而拒收我，我害怕自己会成为班级考研大军中唯一落选的人，原因不是因为我的成绩不够优秀，而是因为我有一双残疾的腿。想到这里，我的心底像是有一座大山一样，不偏不倚地压制在我的心头，就连呼吸仿佛都会发出揪心的痛。

  "夏娟，你知道我为什么喜欢和你做朋友吗？你从小就承受了比我们多很多的磨难，可是你都坚强地挺过来了，你从来都没有用自己的身体做理由掉过队，我从心底佩服你。"不知道为什么，我的脑海里浮现出了好朋友赵静晶在一个下雪的冬夜给我打来的这个电话。别人容易，我却难，别人难，我则难上加难，这早已成为我生活中多年不变的生命模式。

  我用手指轻轻擦去滑落在脸上的泪水，头依然面对着窗户的方向，

大四时，我给报考的研究生导师写信

我是个感性的人，从小泪水就比较多。可是我一直觉得，流泪并不意味着懦弱，而是为了能冲刷掉眼前的困惑和迷茫，能把脚下的路看得更清楚些。我的生命注定有太多的风风雨雨，可是只有经历过风雨，才能更加懂得彩虹的鲜艳与美丽。

我很坚信这样一句话，不尝试是一点机会都没有，而如果努力了还有一点希望，哪怕这个希望微乎其微。无论考研这条路有多难，我都应该去尝试下，竭尽全力地去尝试下，即使我最后失败了，我也对得起自己了。

人就是这样，犹豫的时候，眼前犹如罩着层层迷雾，而一旦做了决定，心头的阴霾就消失殆尽了。我挺直了上身，深深呼出了一口气，刚才积压在心底的忧虑随着这一呼吸动作，统统排出了我的身体。

既然决定了考研，那么我就该尽自己最大的努力，去为自己争取这个继续学习的机会，猛然，一个大胆的想法浮现在我的意识里。我要给

报考导师写封信,把自己的身体情况原原本本地告诉给导师,也许导师感念我的诚实,会从情感上更愿意接受我。

我打开抽屉,找出纸和笔,开始在信纸上认真写下:"尊敬的老师,您好,我患有先天性脊椎裂,用双拐走路,直到11岁才插班进入小学三年级学习,可是我相信那些身体健全的人能做到的,残疾人通过自己的努力也能做到。如今我大学即将毕业,我希望能继续深造,想报考您的硕士研究生,由于我的身体条件比较特殊,所以给老师写下这封亲笔信,让老师对我的情况能有一个详尽的了解……"

我把信纸装进信封里,贴上邮票,再用胶水认真封好。我把信件捧在手心里,贴在胸前。就好像抱着一个襁褓中的婴儿,那么小心翼翼,生怕信封上哪个边角起了褶皱。

我把目光再次投向窗外,不知道导师读完这封信会不会被我的诚心所打动,会不会在最快的时间里给我回信,会不会像我预期的那样不再介意我身体的残疾。

十天之后,当我打开邮箱时,发现导师给我发来了邮件:"胡夏娟同学:你好,从你的来信中了解了你的一些情况,看到你在身残的情况下依然这样努力,不放弃的精神很是令人佩服。所以,你如果报考了这个专业就做准备吧。祝你顺利!"

读着导师发来的这封虽然简短、但对我来说却无比珍贵的信件,我的心里说不出来的激动。我把目光从电脑屏幕上收回,遥望着那个学校的方向,心里默默地说:"老师,谢谢您,我一定会好好复习的!"

一个令人激动的电话

明天就是研究生录取结果公布的时间了，一个多月以来，我尽力克制着自己的紧张和隐隐的焦虑，不想自己被无尽的担忧所纠缠、困扰，可是现在进入倒计时的时候，我的心再也无法安定下来。决定我命运的时刻终于来了，我将何去何从，我的命运之车将朝哪个方向行驶，明天就会一锤定音。

"叮铃铃……"客厅小书桌上的电话急促响了起来，像是一个强烈的磁场，把我游荡着的思绪猛然拉回到我的身体里。坐在电话机旁的爸爸伸手拿起了话筒。

"喂，你好！找夏娟啊？她在，您稍等下。"爸爸回头望向我，我把拐杖架到腋窝下，向电话机走去。

"喂，您好！"我不知道会是谁在这个时候给我打电话。

"喂，小夏，我是王春丽。"电话那端传来一个非常亲切和温和的声音，这个声音让我顿时感觉到了兴奋，打电话的是我报考学校河北师范大学的王春丽副校长。

"王老师，您好！接到您的电话，我好高兴。"说完高兴这两个字，我立即又感觉到一股紧张瞬间向我袭来，因为王老师说过，她会为我留意研究生的录取信息的。有了情况，她会给我打电话。我的心纠结了起来，一股极其强烈的不确定感将我吞噬。

"小夏，你在学校网页上查询录取信息了吗？"王老师依旧不急不慢地问我，语调里的平稳和我此时心底的忐忑形成了鲜明的对比。

"还没有。王老师，我家里没有电脑，所以我还没有查询。不是说

激动让我欣喜不已

明天才出录取结果吗?"说完,我心里更紧张了,我仿佛感觉到王老师已经知道了录取的结果,我感觉到自己的命运此刻正紧紧攥在王老师的手里,我不由得为自己默默祈祷,祈祷自己能听到被录取的消息,而不是自己被拒绝的结果。

"小夏,据我这边掌握的情况,你被录取了。你明天有时间就去学校研究生院的校园网上查询一下,确认一下。"王老师的声音里透露出一种少有的喜悦。而我的心像是一只有力的雄鹰,一下子腾跃而起,冲到了九天之上。

我被录取了?王老师刚才是这么说的吗?我没有听错吧?我简直不敢相信自己的耳朵,更不敢相信这个对我来说……太过于喜悦的结果。我只听到自己的心跳很猛烈地跳动着,好像跳到了喉咙口,只要再稍微用力,就会冲出我的口腔。

"王老师,谢谢你!我不知道该如何来感谢你。"王老师和我素昧平生,却像妈妈一样,对我考研的事情如此上心,并且会提前给我打这个电话。王老师也许不知道,她的这个电话,对我来说有多么重要。

"小夏,不用谢,你很坚强,能为你做点事,老师很开心。那就先这样,明天,你到研究生网页上再查询下。再见,小夏。"放下电话,我强迫让自己安静下来,不能高兴太早了,也许王老师得到的只是一个初期的信息。只要没有到最后公布的时刻,一切意外状况都是有可能发生的。还是等明天学校公布录取结果后,再说吧。

"谁打的电话?"妈妈把身体从沙发里探出来,有些好奇地问我。

"一位老师。"我强忍住内心的激动,尽量平静地回答妈妈。我希望明天录取信息公示后,能告诉妈妈一个确确实实的好消息。

心跳动得厉害,我把手里握着的拐杖抓紧再松开,松开再抓紧,仿佛在这样的一张一弛中,我内心的激动才能得以稍稍缓解。

研究生的梦想变为现实

　　重新坐回到沙发上，我感觉自己比接王老师这个电话前更为不安了。我知道王老师告诉我的应该是确切的内部消息，可是从今天晚上到明天公布结果，还有十几个小时，在这段时间内，会不会有什么意外状况发生呢？也许学校录取我是因为没有留意到我的身体情况，也许就在这十几个小时内，学校会发现我的身体状况，也许他们会后悔，会把我的名字从录取名单里再删除。

　　我多么希望时间能像一匹驰骋千里的骏马，能一下子越过这十几个小时，让这段时间能安然地、快速地滑过，让我能如愿以偿。

　　突然，手机短信提示音响了起来。我翻开手机盖，打开那条刚刚进来的未读短信，是和我报考同一个学校的同学李雅静发来的。

　　"夏娟，恭喜恭喜，我们都被录取了！"雅静的这个消息再次让我尽力压抑的那份激动沸腾了起来。

　　"不会吧？我被录取了？"我几乎是脱口喊出了这句话。

　　"怎么回事？"爸爸和妈妈几乎是同时坐直了身体，异口同声地问我。

　　"雅静给我发的短信，她说我被录取了！"望着爸爸妈妈闪烁着惊喜的目光，我的心头终于释放出了刚才尽力克制的那份激动。

　　"可是，学校说的是明天才公布录取结果，怎么会提前公布了呢？"我一边对爸爸妈妈说出这个困惑，一边把它编辑成短信，给雅静发送了过去。

　　"嗯，是提前公布了，网上已经出结果了。我也是刚查到，就赶紧告诉你。呵呵。"雅静的信息像是一条快乐的丝带，在我的眼前飘舞着，我的心被激动和喜悦挤得满满的。

"怎么才能看到录取通知呢?"听我念完雅静的短信息，妈妈激动地从沙发上站立了起来。

"要想今天晚上看，那就得到网吧去。"这个时候，我多想眼前能神奇般地出现一台电脑，让我通过它的屏幕，看一眼那个公示的录取通知。

"走，到网吧去!"妈妈激动地边穿外套，边问爸爸要自行车的钥匙。

望着妈妈激动的表情，我的心里仿佛有蜜液在流动，要知道现在已经是夜里八点多了。

来到网吧，电脑前坐满了用手指点击鼠标和敲击键盘的人。好不容易，找到一台空着的电脑，我把拐杖靠在电脑桌上，坐了下来，妈妈则俯下身体，站立在我旁边。

打开学校研究生院的网页，研究生录取名单公示的通知醒目地映入我的眼帘。我把鼠标的指针放在通知的字体上，我感觉到自己的手指在颤抖，我觉得这个时候的自己真的好幸福，好快乐……

这个通知对于我来说，仿佛就是一扇幸福的大门，只要我轻轻一点

2006 年 9 月，我成为心理学专业的研究生

击,这扇大门就会为我开启,我就会拥有比其他录取的考生多很多的快乐和幸福。

我的食指在鼠标上快乐地点击了一下,一张长长的录取名单呈现在我眼前。我拖住网页右边的下滑条,一点一点地往下移动着,我知道我的名字就在下面,此刻,我觉得这个寻找我名字的过程也是这么地令我感觉到快乐。我甚至都有些享受这个过程,也许我是报考考生里面寻找自己的名字用的时间最多的一个。

终于,我看到了我的名字!当胡夏娟这三个字闯入我的眼帘里时,我的鼻头突然涌过一阵酸楚,泪水滑到了我的唇边,一股咸咸的味道漫延在我的舌尖。可是,我却觉得,这个眼泪好甜好甜。我从来不知道,原来流泪也可以这么幸福。

"妈,我真的被录取了!"我回过头,和妈妈的目光对接上,并没有擦去自己脸颊上挂着的泪水,因为我知道,这个眼泪是幸福的眼泪,也是我期盼了太久的眼泪。现在,我终于等到了它,就让它肆意地在我的脸庞上流淌吧。

妈妈的眼睛盯着电脑屏幕上那张打开的公示名单,眼睛里也滚动着亮晶晶的泪花,妈妈什么都没有说,只是把手温柔地搭在我的肩膀上,身体向我靠得更近了,我感觉自己仿佛就依偎在妈妈的怀里,就像小时候那样。

我真的被录取了,再也没有一点怀疑!

同学们最后一次背我

六月末的一个有风有月的夜晚,大学毕业散伙饭结束了,从宾馆的酒店里出来,同学们都带着微微的酒意,走在校园的小路上,向各自宿舍的方向缓慢行走着。此时,浓浓的夜色笼罩着整个校园,只有几个角落的路灯还在疲倦地闪烁着昏黄的光,大家谁也不说话,仿佛只有这寂静无声的氛围,才能将心底的那份别离的愁绪按压住。

这条从宾馆通往宿舍的小道,也许是我和同学们最后一次共同走过,今后再踏上这块土地,将不知道要到何年何月。想到和同学们这即日的分离,想到再会时的遥遥无期,鼻头泛起一阵酸楚,心,堆满了伤感。

"大家都开心点啊。毕竟我们现在还在一起。"文艺部长邓福晋突然大声开口,那种无声的沉寂被这句话完全给震碎了。大家的喉咙里开始发出各种声响,有轻微的叹息声,有默契地回应声,也有在寻找着尽量开心的话题。

"这样吧,我提议,咱们在场的男生轮流把夏娟再背一次吧,背完这一次,再背夏娟,可就不容易了。"始终没有哪位同学找到合适的话题,邓福晋就把打破沉默的责任揽了过来。

"好啊,好啊。"男生们齐声应和道。在这个寂静的深夜里,同学们的声音叠加在一起,显得是那么洪亮,那么地有力量。

"这个提议是我提出来的,那我就先背夏娟吧。"邓福晋边说边绕过几位挡在中间的同学,果断地蹲在了我面前。四年的时间,同学们之间已经形成了一种不用言语的默契,当男生蹲在我面前的时候,女生会立

大学四年,同学们背我上下课

即走过来,接过我的拐杖和手里的东西。看到邓福晋蹲在我面前,班长媛媛快步走到我身边,自然地接过我从腋窝下面抽出的拐杖。

当我趴在邓福晋的后背上时,一股说不出来的踏实感在我的身体内流淌着,好像现在即将把我背起来的并不是我的同学,而是我的一个亲人。我可以完全放心地把自己交给他,没有任何的顾虑。

"嘿!"邓福晋轻松站立了起来,我的双脚也随着脱离了地面,随着邓福晋的迈步而摇摆着。此时,我觉得自己就像是一个快乐的婴儿,安详地躺在舒适的摇篮椅里,就这样静静享受着那份惬意和轻松。其他的同学则分散成两拨,守护在我两旁,我感觉自己就像是一个重点保护对象。大家都担心邓福晋一个不小心把我摔到地面上,虽然四年里,从来没有同学把我摔落过。

"以后你们就再也不用背我了,再也不用为我而受累了。"望着四周几近漆黑的夜色,我由衷地说出这句话。仿佛说这句话的时候,我心里也卸下了什么重物,呼吸也随之轻快了许多。

"怎么会呢?我们以后会想念背你的这四年的。"邓福晋立即接话,略带南方口音里透着满满的真诚。

"可是,我真的给你们带来了不少负担,让你们为了我承担了许多。"我还是感觉到隐隐的亏欠感。

"真的,夏娟,虽然我们在背你,可是你也给了我们许多,你让我们体验了一个与众不同的大学生活,将来当我们年老的时候,回忆起咱们的大学时光,说不定印象最深刻的就是背你去上课了。"邓福晋说完开心地笑了,好像是给自己找到了一段永不会被磨灭的记忆。

"好了,邓福晋,该我们了,都走了这么远了,你还想把夏娟独自背回宿舍啊?"易正鑫假装抱怨,惹得其他同学都笑了,邓福晋这才意识到已经背我走了大半段距离,不好意思地把我放在了地面上。

当我再趴到老易瘦弱的肩膀上时,我突然觉得自己好幸福,无论是壮实些的肩膀,还是瘦弱的后背,就像一扇扇热情的大门,为我尽情敞开着。只要我有需要,同学们的后背永远是我走路的拐杖。

"夏娟,抓紧了啊,我们奔跑起来喽。"老易感觉到我的手更加稳固地环住他的脖子后,就快速向前方奔跑起来,后面的同学也随着加快了速度,女生随性唱起了爱情的歌曲,男生则吹着口哨做起了伴奏。我们就像是一群小马,在这个生活了四年的校园里快乐奔跑着。

此时我的眼泪早已断了线,随着老易奔跑的身体,在这个看不到彼此脸庞的夜色里尽情纷飞着。

我成为了"校园之星"

再有短短几天就要离校了,学校举行了首届"百名校园之星"颁奖晚会,经过学院对我的事迹的申报,我被评为自强之星。现在,我要代表全体自强之星上台发言。

我站立在主席台的侧台处,手里拿着刚刚颁发的自强之星荣誉证书和奖品。兴奋、激动和隐隐的紧张交融在一起,汇合成一股强大的力量,搅动着我的心潮。这是我第一次站立在礼堂的主席台上,也是我第一次面对一千多双眼睛,更是第一次在这样公众的场合讲述我自己的故事。我不知道当自己站立在演讲台上时,还会不会像现在这样紧张,但是我知道,此刻的我是快乐的,荣耀的,也是幸运的。

"下面有请自强之星的代表胡夏娟上台发言,大家掌声欢迎。"主持人充满激情的声音将我的思绪拉回到主席台上,听着台下热烈的掌声,我握紧了手里的拐杖,慢慢向演讲台的位置走去。

细心的主持人接过我手里的荣誉证书和奖品,把麦克风的高度往下调整,直到和我的身高匹配,当确认我可以舒适地讲话时,主持人才退下台去。

一束明亮的灯光在我身上亮起,在我站立的位置附近洒下一个圆形的光环,音响师把背景音乐切换成了一首更为舒缓的轻音乐,当我的目光轻轻扫过坐在最前排的校领导身上,看到他们微笑着向我轻轻点头,内心翻涌着的那阵波澜突然风平浪静了,我的心变得和空气里流转的轻音乐一样沉静、安宁。

此刻,我感觉坐在台下的是一千多位虔诚的听众,而我只需要把自己的故事用一个真诚的声音传递出来就好。

"四年前,我带着对未来的憧憬和一个简单的梦想——希望能和其他身体正常的孩子一样圆一个大学梦,走进了我的大学。心情无比地激动和兴奋,同时又怀着几分忐忑。我不停地问自己'如果学校的领导和老师看到我这样的身体条件,他们还会愿意接收我吗?'"我轻低下头,泪水立即涌满了我的眼眶,我仿佛又回到了四年前大学报到的日子,让我感觉那么新鲜,那么激动,又是那么不确定。

将浮现在心头的那种复杂的情绪压制下去,我重新抬起头,台下异常地安静,所有人的目光都齐聚在我身上,这些目光是热情的,是认真的,更是尊敬的。我感觉到一股温暖的感觉,在心底缓缓流淌着,我知道此刻自己是被接纳的,是被关注的,是被肯定的,不会有人因为我的身体条件再拒绝我。

我用尽量平静的语调讲述着自己的大学,四年里,我所经历的一幕幕难忘的场景,现在都是那么清晰地浮现在我的脑海里,又通过我的语言呈现给坐在这个礼堂里的一千多位听众。

大学毕业前夕,我被评为"校园之星"

在讲述的时候，我才发现我的大学早已厚重成一本书，这本书里有面临身体疼痛的坚持；有克服学习和生活中不断涌现出困难的汗水；有取得一个又一个成绩的喜悦；有面对人生选择的困惑和迷茫；有做出决策的轻松和为目标的奋斗；有面对考验的无助，也有不断成长的甜蜜和收获。

"每当我躺在学校门诊部的病床上，望着吊瓶里的药液一滴一滴地流入我的血管，我就忍不住地问自己，我的大学什么时候才能结束？可是，当我站在这个演讲台上，当我回头去看自己一步步走过来的脚印时，我才知道自己的大学真的要结束了，而此时，我的心里竟是如此地不舍。"浓浓的离愁涌上了我的心头，我再也无法去控制自己的情绪，我的声音变得哽咽，泪水伴着这耀眼的灯光，无声地滑落在我的脸庞。

主持人走到我身边，把几张纸巾递到我手里。当我擦去满脸的泪水，当我的视线再次清晰时，我发现台下有好多同学都在悄悄擦眼泪。我知道，此时，大家的心是相通的，尽管彼此都是陌生人。

"再有几天我就要离开我的大学了，我会带着自己在这里收获的满满的爱去继续自己的研究生学业。如果问我，在这个离别的时刻，我最大的愿望是什么，那就是：我希望，能把每位同学都背一次！"

当我走下演讲台跟大家说"谢谢"时，礼堂的空气里响起了热烈的掌声，我知道我的大学圆满结束了。听着这热烈，持续，温暖，充满祝福的掌声，我笑了，虽然眼睛里还含着泪花。

县长来看望我了

大学毕业后的第一个夏天，感觉如此美好，就连空气中翻滚着的热浪，也变得可爱和清凉了起来，因为我即将是一位心理学专业的硕士研究生了。

一个洒满阳光的上午，我架着拐杖，站立在院子里的水池边洗衣服，嘴里哼着欢快的歌曲，柔顺的长发在肩头飘逸着。现在我已经圆满完成了大学学业，并且成为了一名心理学专业的硕士研究生。

突然，客厅里的电话铃声急促地响了起来，我在水龙头下快速冲了冲沾满肥皂泡沫的双手，走进客厅，拿起了电话。

"夏娟，一会儿主管教育的张华萍副县长要代表县领导去你家里表示慰问，我也会陪同前往，另外县电视台的记者也会一起过去。"打来电话的是县残联理事长秦耀东。

放下电话，我的心情立即变得丰富了起来，快乐、激动、幸福，还夹杂着略微的紧张。我没有想到，县领导居然会在百忙之中，专程来家里看望我。

得知自己考上研究生的消息已经两个多月了，我内心的那份欣喜和兴奋早已回归到正常水平，可是秦理事长的这个电话，无疑是一块硕大的石头，在我心海里激荡起了巨大的涟漪。县长能亲自来家里慰问，这该是多么大的荣耀啊！我只是一个普普通通的学生，只不过用自己的努力又争取到了一次继续学习的机会，不希望自己的生命在不断的重复和单调中消耗，可是县领导却能如此重视，我的心里充满了感动和感恩。

嘀嘀……一阵清脆的汽车鸣笛声在院子外面狭长的胡同里响起，很有可能是县长他们过来了，爸爸妈妈立即从沙发里站起来，掀开门帘，一前一后快步向大门口迎去。我也架起拐杖，开始向院子走去，心扑通扑通地在胸腔里跳动着。

我刚走下客厅通往院子的台阶，就看到一个壮实的身影先从大门过道里走了出来，他慢慢倒退着，肩上扛着一架漆黑色的摄像机，这一定是电视台的摄影师了。

几秒钟之后，一位身材匀称、气质高雅、留着利索的短发、面带笑容的女士走进了院子，这就是常常在县电视台的新闻里看到的张副县长了，电视上的张副县长显得有几分威严，但是现实生活中的张副县长看起来是那么地亲切，就好像一位邻居家的阿姨。

看到我站立在院子里，张副县长立即伸出双手，脚步稳健地走到我身边，把我的手紧紧握在手里。张副县长的手很温暖，就在张副县长把我的手放入她掌心的那一瞬间，我的心一下子就不再那么紧张了。

"夏娟，恭喜你以优异的成绩考上了心理学硕士研究生，你为咱们县争得了荣誉，你是咱们全县的骄傲。我今天代表咱们县领导特来家里看望你，希望能了解下你生活和学习中还存在哪些困难和问题，咱们县领导班子一定尽力为你解决。另外这是一千元钱，虽然不多，但是县领导的一点心意，希望你能收下。"说着，张副县长从秘书手里接过一叠崭新的百元纸币，轻轻递到了我的手里。张副县长的笑容依然这么灿烂，好像院子上方的那一轮娇艳的太阳。

"张副县长，谢谢您能在百忙之中，还抽出时间来家里看望我，我真的觉得很感动。我能考上研究生和无数好心人的帮助是分不开的。我想只有自己好好学习，才能不辜负这么多人对我的支持和期望。"我真诚地说出这番话，很庆幸自己不仅得到了家人的疼爱，也得到了县领导和残联领导们的支持和关怀。

"夏娟能考上研究生，确实很不容易。这也是我们残联的骄傲。爸爸妈妈也说两句吧。"秦理事长亲切地望向我的爸爸妈妈。

"你来说吧。"爸爸谦让地对妈妈说。

　　一向大方的妈妈思考了几秒钟,就对着摄影机动情而响亮地说道:"夏娟从小就要强,在学习上,我们做父母的都没有为她操过一点心。只要夏娟想上学,作为父母,我们一定会全力以赴,哪怕是卖掉房子,我们也要支持夏娟上学。"

　　妈妈的声音开始哽咽,眼睛里泛起了泪花,我的鼻子也一阵阵发酸。但想起张副县长的那句……我成为了全县人民的骄傲,我的心里又立即涌满了浓浓的快乐和自豪。

第八章

勇气让生命美丽

　　作为一个残疾人，如果我们内心的力量不够强大，也许我们会把残疾作为一个理由，对自己和他人说"我不行"、"我做不到"。可是，一旦我们用勇气激发出自己全部的生命力量时，就会惊讶地发现——整个世界都将被我们俯瞰。

幸福的选择

　　2006 年 9 月 6 日，我完成了研究生入学报到的手续，开始了三年的研究生生活。这三年的学习和积累，让我懂得了如何从心灵的层面去了解自己、关怀他人、感恩生命。

　　早上，来到学位点，打开电子信箱，发现有两封未读邮件，其中有一封是导师王欣老师昨天晚上发过来的。进入研究生学习快一个月了，这是王老师第一次给我单独发邮件，我不由得有些激动。我快乐地把鼠标的指针放到信件主题的链接上，用右手的食指轻轻点击了一下鼠标的左键，信件的内容就呈现在我眼前。

　　"夏娟，我刚从北京学习回来，一直没有机会和你单独谈谈。在这封邮件里，我主要想和你交流一个问题。在你之前，我没有带过像你这样特殊身体条件的研究生，所以我也没有什么经验，不知道该用什么方式来对待你。我想听听你自己的想法，让你自己来选择我在这接下来的三年里，对待你的方式。一是我把你当做身体行动不便的学生，在学习和生活上尽量照顾你；二是我把你的身体条件当做你的一个特征，你和其他的同学是一样的。你先考虑考虑，然后给我一个回复。无论你选择哪种方式，我都希望我们能合作愉快，度过这三年的研究生学习。"

　　我一口气把王老师的信件读了两遍，担心遗漏掉什么有价值的信息。

　　学位点的日光灯无声地把白炽的光线播撒到办公室的每一个角落，柔和的光影更衬托出了空气中氤氲着的静谧。然而，我的心潮并不平静，王老师的这封邮件，确切地说是王老师的这个问题，像是一块石头，投递在我的心海里，激荡起一片水花四溅的波浪，摇动着我的思绪。

用什么方式对待我，从来都没有人跟我提过这个问题，可是，从我第一天进入小学三年级学习，到今天成为一名硕士研究生，我就是在追求和其他同学一样的学习和生活状态，也许，在这个追求的过程中我流下的汗水比别人多许多，体验到的辛酸比别人浓许多，可是，等到我可以收获的时候，我得到的并不比别人少；相反，我收获的更丰富，更厚实。

"我想听听你自己的想法，让你自己来选择我在这接下来的三年里，对待你的方式"我的目光投递到王老师发来的邮件上，这句话仿佛不是来自于电子邮件，而是来自于我心底深处的一个声音。这个声音好像一直潜伏在我心底，只是现在通过王老师的邮件，把它激发了出来。这个声音让我激动，让我欣喜，甚至让我有些骄傲。我觉得自己仿佛被王老师赋予了一种独特的权利，我想要什么东西，只要我表达出来，我就可以轻轻松松得到。

看到王老师发来邮件时的那种因喜悦而激起的波澜渐渐退去，我的心终于可以和学位点静默的灯光一样，平静地注视着周围的一切。点击了一下"回复"的按钮，我的双手在黑色的键盘上逐字敲打出以下的话语：

2006年9月，我成为了河北师范大学研究生

"老师,谢谢您把这个对于我来说,意义重大的一个问题,向我郑重提出来。我能读完大学,又成为一名研究生,就是因为我有一个坚定的信念……我和其他身体健全的同学没有什么两样,其他同学能做到的事情,我只要付出更多一些的努力,也可以做到。所以,我可以毫不犹豫地把我的想法和决定告诉老师。我选择第二种方式,并希望老师能把我和其他的同学一样对待。我希望自己能拥有一个和其他同学一样的研究生学习经历。"

点击完"发送"按钮,随着邮箱界面从"写信"状态跳跃到"已发送"状态,我的心也一下子变得轻松起来,仿佛心底有一个郁结的东西,随着这封信的发送,而烟消云散了。

我把拐杖架到腋窝下,站立在窗台前,望着操场上正在激情四射打篮球的男生们,我的心也变得跳跃起来。我突然有种激动而又新鲜的感觉,仿佛就从这一时刻起,我的生活就会变得和往日不同起来,我就开始拥有一个和其他同学一样的研究生生活了。这,一直都是我无限向往的啊!

第一次吃自助餐

餐厅里的人很多,有的正手托餐盘,把自己喜欢吃的菜和主食夹到餐盘里,有的已经打好了饭菜,正四处寻觅着座位。我的目光在餐厅里的各个餐桌周围游走着,希望能发现一个空位,可是,来回晃动的人群就像是一把把犀利的剪刀,把我的目光不停地剪断。

"还是先把饭菜打好再说吧。"我走到餐具台前,取了餐盘和筷子。

来到盛放菜和主食的餐台前,我用小铲子把自己最喜欢吃的西红柿炒鸡蛋和麻辣豆腐,各取了一点放进餐盘里,当我把铲子伸向大米饭时,我的手不由得停在了空气中。

"一会儿能不能找到位置还不一定,我不能夹太多的饭菜,否则一会儿端着餐盘到处寻找位置的时候,会很不方便的。"我收回了铲子,取了两个小小的黄窝头。

当我的目光停放在鸡蛋汤上时,我不由得抿了抿已经有些干燥的嘴唇,因为担心上厕所,我一个上午都没有敢喝一口水,可是现在看到那冒着热气、漂浮着菜花的鸡蛋汤,我忍不住咽了一口津液,想象着一股携带着紫菜花香气的温润的鸡蛋汤进入我的口腔,滑入我的咽喉,滋润着我急需水分的肠胃和血管。

看着身边的学员把一碗碗鸡蛋汤轻松地端走,我好羡慕他们可以用这些汤水尽情滋润自己的嘴唇,驱散体内的干燥。我可以端菜,可以端米饭和馒头,却无法去端那流动着的鸡蛋汤,当我用抓着拐杖的手再去端一碗鸡蛋汤时,哪怕我走得很慢,很小心,仍然会把汤液洒出来。

"算了,不喝了吧,否则下午听报告的时候,频繁地上厕所,就麻烦

了。"我安慰着自己,说服着自己,让自己尽量不要去渴望那鲜嫩无比的鸡蛋汤。

"夏娟,打好饭菜了吗?"王老师的声音在我身后响起。我回转过身体,看到王老师端着打好的餐盘,站立在我面前。

"打好了。"我立刻回答,尽力掩饰自己刚才面对鸡蛋汤出神的尴尬。

王老师的目光在我的餐盘里扫了一下,又望了望我刚才凝视的鸡蛋汤,王老师的嘴唇微微张启了一下,就又立即闭合了,好像是想对我说什么,但是又被什么想法给压制了下去。

"夏娟,我先过去了。"王老师说完这句话,就转过身,向着远处的一张餐桌走去。我收回目光,继续在餐厅的各个角落里快速扫视着,希望能尽快找到空位。

"这样站着是很难发现座位,还是往前走走吧。"我用左手的四根手指托住餐盘,用小拇指钩住拐杖的扶手,将餐盘尽量保持平衡的姿势,慢慢向过道的方向移动。

研二时的教师节,我和王欣导师在聚餐

"哎哟!"我不由得叫了一声,心跳顿时加快,一个同样在寻找座位的学员撞到了我的胳膊。我立即停下脚步,两只手脱离开拐杖的扶手,赶紧托住餐盘,我真担心刚才这么被人一撞,餐盘翻倒在地面上,那会让我多么尴尬啊。想到这样狼狈的一幕,我就不由得倒吸了一口冷气,这个时候我才意识到,我应该留意的不仅仅是脚下光滑的地板砖,还有来来往往的人群,我觉得任何一位走动着的人,都有可能给我带来饭菜倒地的危险。

为了不让自己发生这样的意外,我不再把目光紧紧锁定在餐盘里,而是在餐盘、脚下的地板砖和周围来往的学员之间交替移动着。我祈祷着自己能尽快找到一个位置,好让自己能真正安全。

"夏娟,坐这里吧。"不知不觉间,我走到了王老师的餐桌前,王老师指着身旁一张空着的座椅,对我温柔地说。

把餐盘放到餐桌上后,我那颗一直提着的心终于可以轻松了下来,直到这一刻,我才感觉自己担心的那种危险才真正从我身边撤离,我安全了!

"夏娟,刚才你打饭的时候,我没有帮助你,是想让你通过自己的方式去取自己想要的东西。因为我相信你有这个能力。"王老师望着我的眼睛,认真地对我说。

"老师,我明白,谢谢你这么相信我。"这个时候,我才明白为什么刚才打饭时,王老师站在我面前,对我欲言又止。

"谢谢你,老师!"望着王老师平静地开始用餐,我的眼睛竟有些湿润起来。爱一个人,除了伸出双手去代替他做一件事,其实,还有一种更具有能量的方式,那就是给他信任,这是对一个人能力的肯定和价值的认可,更是一种对生命的尊重。

站着聆听讲座

读研期间各种学术活动，让我的学术视野开阔了许多，也让我的课余生活多出了许多明丽的色彩。

晚上七点在学院三楼阶梯教室举行心理健康教育讲座，报告人是来自北京师范大学一位著名的教授。当我走进教室时，不仅座无虚席，就连过道上，以及后门出入的地方都站满了人。我环顾着四周拥挤的人群，想找一个尽量舒服的位置。

"一会儿肯定还要记录，我得找个能写字的地方。"可是，除了教室后方的这一片墙壁，就是脚下的水泥地面了。我蹲下去是不太可能的，只能借助于墙壁了。这么想着，我绕过站立在身后的几位同学，倚靠在了洁白的墙壁上。

当我正想为自己找到一个可以写字的地方而高兴时，我才发现站立在我前面的同学像是一面高大的人墙，完全遮住了我的视线。看不到就看不到吧，这样还能迫使自己集中注意力去记录。

刚才一直循环播放的轻音乐已经静止了，主持人介绍过报告教师的个人情况后，讲座就正式开始了。我背转过身，把手里的笔记本打开，轻抵在墙壁上，准备记录报告老师传递的有价值的信息。

不知道就这样站立了多久，一种蠢蠢欲动的劳累感正一点一点在我的身体内扩散，后背的肌肉像是被上紧了发条的齿轮，变得异常的僵硬，胳膊来回活动的时候，后背却像是一小座稳固的山岭，丝毫不被胳膊所牵引。腰部像是被抽走了支撑的神经，软绵绵地横躺着，任由我身体上下两部分失去连接，不协调地各自活动着。我觉得自己就像是一架少了许多零部件，即将散架的机器。

"好累……"当这句话不由地在我的脑海里浮现的时候，我清晰感觉到有什么东西在我的身体内逐渐下沉，一直到我的小腿，这种下沉的感觉好像在逐渐堆积，就像是一碗泥水搁置在桌子上，水里的泥沙粒慢慢下沉，一直降落到碗底。不用看，我就知道自己的小腿一定像只被吹起来的气球，鼓囊囊地被我的裤子束缚着。我真的担心再这么无限制地膨胀下去，我的小腿会超过承受的极限，然后像充爆的轮胎炸掉。

也许真的是太累了，我感觉地面就像是一个强大的、无法抗拒的磁场，正在将我慢慢往下吸。不知从什么时候开始，我的身体已经往下脱落了一大截，手里抵在墙壁上的笔记本也完全移出了最初的位置，我的胳膊像是被吊上了重物，不停地发抖。

我得休息一下，否则我不知道我还能坚持多久。我回头快速扫视了一下四周，站立在我身边的同学都集中注意力在听讲，没有谁会留意到我。我收回目光，把笔记本从墙壁上收回来，两只胳膊搭在拐杖上，任由身体往下脱落，直到再也无法下移。当我的身体更加接近地面时，我突然很想能就这么直接坐到地面上去。

"也许活动一下，能舒服一些。"我重新挺立起身体，抓起拐杖的扶手，准备回转身。当我想抬起自己的右腿时，突然感觉自己的腿像是被固定在了地面上，居然纹丝不动。我这才发现，自己的双腿已经变得很麻木，而且这种麻木的感觉正在从小腿往我身体上方扩散着。

"既然不能动，那就这样吧。我必须把注意力尽量集中在老师的声音上，否则在我看不到的情况下，我会遗漏很多重要信息的。"我把笔记本重新举起来，恢复到先前写字的姿势。

终于，报告在老师的感谢和道别声中结束了。我合上写了满满好几页的笔记本，长长舒了一口气。我知道这个时候，自己是无法正常走路的，我回过身，把自己的身体完全交给了墙壁，看着同学们依次经过我的身边，走出教室。

当我确定几乎不会再有人从后门出去时，我把身体从墙壁中挺立起来，我缓缓抬起像灌满了铅的右腿，轻轻前后摇动着，希望我的血液

能在这样轻微的活动中，渐渐活跃起来，希望我的知觉能够慢慢复苏过来。

　　我的腿像是荡秋千一样，在空气中前后轻轻摇摆着，虽然此时站立了两个小时的疲惫已经将我牢牢围困住，可是，当我看到自己手中记录着的听课笔记时，我感觉自己好富有。

我征服了 600 米的山峰

研二的时候,我做出了一个大胆的决定,要跟同学们去爬位于石家庄鹿泉市西郊的抱犊寨山。

春末夏初的天气最是宜人,淡蓝的天空偶尔飘浮着片片白云,山风轻柔地吹拂在脸上,好像一个温柔少女的手,酥软、细腻,又润滑。可是,我却没有心思去欣赏山里的风景,我的目光落在手里紧握着的拐杖上,又转移到那条犹如登天长梯的白色台阶上。这个时候,我才意识到,自己做出登山的决定是多么地大胆。

"夏娟,行吗?"小杨把外套搭在手臂上,关心地问我。

"没问题!"我尽量肯定地回答,虽然心里还是很忐忑,毕竟我从来都没有登过山,我曾坚定地认为,这辈子我和登山都不会扯上任何关系。所以,登山的念头我连想都不敢去想,然而,现在我居然真真实实地站立在了山脚下。只要再往前跨出一步,我就会踩到登山的石阶。

今天不是周末,前来登山的人不是很多,这给我提供了相对宽敞的空间,担心被其他的登山者撞倒的焦虑也降低了许多。小晶和小杨已经开始上山,我知道自己会比他们慢很多,为了不被远远落在后面,我知道自己必须把心底的担忧暂时隐藏起来。

我把两只拐杖先放到第一个台阶上,再像上楼那样,腰部肌肉往上收缩,两只脚同时往上弹跳,我的身体就移动到了台阶上面。山脚下的台阶比较宽阔,每层台阶之间的高度也差别很小,这让我一直纠结着的心得到了稍微的松弛,可是我的目光基本上不敢离开脚下的台阶,我还是担心自己一不小心踩空,毕竟自己的平衡感不能像身体健全的人那样去控制。

随着高度的上升，脚下的台阶逐渐变得陡峭起来，台阶的宽度刚好能容下两只脚，相邻两只台阶之间的高度差也明显拉大，我的心再次收缩起来，注意力高度集中着，好像全身的神经系统都进入了一种警戒状态。

不知道登了多久，我感觉到身体已经明显变得疲惫。腰部像是一架生了锈的机器，每动一下，都好像有很大的阻力在扯拉着我；两条腿也变得更加不协调，一条腿已经抬到了上一个台阶上，而另外一条腿却还在下一个台阶上，需要用好几次力，才能把两条腿聚合在一起。

脚底也有一种隐隐的压痛感在逐渐弥漫，加重。我知道这么反复地、持续地踩踏，我这双血液循环不流畅的脚底，已经又积累了更厚的老茧，虽然我无法感知脚底的感觉，可是我知道它们一定在隐隐发热，尤其是我那只没有脚后跟的右脚和地面只有那么一丁点的接触，却在支撑着我的整个身体。

小杨已经拉开我们一段距离了，小晶为了陪着我，也刻意地放慢着速度。我不想因为自己让大家走得这么慢，于是，我决定加快速度。我调动起全身的力量，在往上攀登惯性的带动下，两只脚和拐杖更加快速地交替着，脚下的台阶也以更快的速度向下退去。突然，我的身体猛然间失去了平衡，前后左右不

研二时，我和同学去爬抱犊寨山

停晃动起来，我着急地抓住台阶右侧的护栏，心咚咚咚地急速跳动起来，血液一下子涌到了头顶。拍着惊慌未定的胸脯，我望了下身边的登山者，幸好没有谁留意到我这样一个尴尬的举动。

"不能图快了，安全才是最重要的。就这样慢慢走吧，小杨他们肯定会在某个地方等我的。"安抚完自己，我感觉到体内隐藏着的疲倦正向我袭来。

"我不能停下，否则估计就难以再往上走了。好不容易我才走到这里，不能就这样放弃。"当我准备减慢速度，继续往上走时，一阵啪嗒啪嗒的脚步声传到了我的耳朵里，我循声望去，一个小腿上绑着沙袋的中年男子从山上跑了下来，路过我身边时，微笑着向我伸出了大拇指。顿时我感觉到一股力量在我的心底升起，更加坚定了我一定要登上山顶的信念。

终于，经过了三个小时的攀登，我们来到了山顶，望着渺渺的云天和远方高低错落的建筑物，"会当凌绝顶，一览众山小"的诗句立即浮现在我的脑海里。

我突然感觉天地是如此广阔，人是如此渺小，生命变得如此简单，所有的痛苦和不幸都了无踪迹。

我不敢相信，一个拄着双拐的我，居然站立在了海拔近 600 米的山顶上。

闭上眼睛，任由山风将我吹拂，我陶醉在巅峰体验里，这种感觉美妙得涤荡人的灵魂！

敲击拇指，拯救生命

　　2008 年 5 月 12 日，汶川地震牵动了全国人民的心。汶川地震发生好几天了，每天在网页上都能接收到大量的关于灾情的信息，每当看到那一条条关于灾情援救进展情况的新闻报道，那一张张惨不忍睹的照片，我的心都会紧紧地纠结起来。我不知道自己能做些什么，才能给那些受灾的难民们减少一点痛苦。

　　我想申请去汶川现场实施心理救助，去帮助那些正在承受生命中巨大创伤的人们，但是王老师告诉我们，身处后方，同样可以为灾区实施援助。为了满足我们内心的这份强烈的要求，王老师交给我们一项任务，让我和同学们负责搜集几套完整的、可操作的创伤后应激障碍的心理辅导方案，通过手机短信，发送给前线的心理学工作者。

　　我的目光在电脑屏幕和手机键盘之间来回移动着，银灰色的手机被我紧紧握在手里，拇指像是一只快乐的燕子，在小小的手机键盘上轻盈地跳跃着，当我把同学们发来的文档里的文字，一个接一个地编辑在手机屏幕上时，不能去四川的那份失落感，一点一点被消融掉了，此刻的我感觉是那么地快乐，那么地满足，那么地幸福。

　　虽然我没有在前线，可是我和同学们现在所做的这件事就是灾区正急需的。王老师说灾区那里通讯设备受到地震的强烈影响，不仅是网络，就连手机通讯都不能保证正常运行，所以即使赶赴到前线的心理学工作者带去了自己的电脑，可是也无法利用网络资源，那么我们现在做的这件事，意义就非常重要了。想到这里，我的心里感觉好甜蜜，而且有一种特别伟大、特别强烈的成就感。

我的拇指在手机键盘上跳跃了近一个小时,我发现自己打字的速度不知道从什么时候慢了下来,甚至有的时候手指好像不太听使唤,会在脱离开键盘后,在空气中停滞几秒钟。渐渐的,一种有些灼热的感觉从跳动的拇指上像四周蔓延着,我停下敲击,将拇指抬离手机键盘,才发现已经敲打了一个小时的拇指早已变得红肿起来,我这才意识到,自己已经连续敲打了一个小时,中间没有歇息片刻。

"还是先把方案全部发送过去再说吧,这些文字对于灾区的工作人员来说太珍贵了。他们所面临的困难和考验,比我拇指红肿疼痛严重多了。还是抓紧时间把这项光荣的任务完成之后再休息吧。"决定之后,我揉了揉已经有些酸涩的眼睛,接着编辑那些文字。

又是一个完整的心理辅导方案发送出去了,我感觉自己并不仅仅是把一些文字传递到了四川,随之而去的还有我的心。我感觉自己正和这些心理学同行们在一起,站立在那片灾难深重的土地上,用自己的所能,大家齐心协力,共同挽救着灾民的心理健康。

拇指敲击手机键盘的速度越来越慢,但是,拇指按压键盘的时候那种疼痛感却越来越清晰,越来越强烈。每按压一下键盘,我都不由得咬一下嘴唇,这种痛感并不仅仅扩散在我的拇指上,而是通过我手指的神经直刺入我的心脏,什么是十指连心,我现在深深体会到了。

"要是现在休息了,我想自己估计很难再敲击手机键盘了。所以,现在,我能做的只有坚持。"拇指敲击键盘的协调性越来越差,当我终于要把最后一套方案编辑好,准备按"发送"按钮的时候,拇指却不受控制地按到了"退出"键上,我编辑好的几百字的短信顷刻之间全部化为了乌有。

"哎呀,怎么这么不小心呢?"我自责地依靠进椅子里,抬起我那根已经磨出茧子的拇指,心疼地用嘴里的哈气,轻轻吹拂着红肿疼痛的它。

我好想再也不碰那个手机键盘了,可是当我想到同行正在急切地等待着这最后一套方案的发送,我就重新坐直身体,咬紧嘴唇,把那删除掉的几百字,逐个敲击到手机屏幕里。

当我成功点击完"发送信息"的按钮后，没有多久，手机接收短信的铃音响了起来："谢谢你们！这些方案对于我们来说，真的太有价值了！我代表灾区的人民和所有前线的心理学工作者感谢你们。"

读着这条满含感激之情的短信，我露出了欣慰的微笑。可是，一阵刺痛猛然钻进了我的心里，我把右手搁置在桌子上，不能再动弹。

挽救轻生女孩

下车的乘客早就出站了,站台上只剩下我一个人。

突然,我好像听到一阵隐隐约约的哭声,声音不大,但是听上去好悲伤。

"奇怪,这个时候怎么会有人在哭呢?而且还是在火车站里。"我四处张望着,想知道哭声是从哪个角落里传过来的。

从通道台阶上下来,又拐了一个弯,我看到一个穿着一身牛仔服的女孩子正蹲在地上大声哭泣。她的双臂紧抱着,瘦弱的身体缩成一团,她的脸完全被头发遮盖住,我不知道女孩为什么这么悲伤,但是我知道她一定是经历了什么难以承受的事情。

"你怎么了?是不是发生了什么不愉快的事?"我低下头,轻声问道。

女孩子依旧大声哭着,我刚才的那句话没有起到丝毫作用。我知道她一定是悲伤到了极限,才使自己的情绪完全失控,她需要帮助,这也更加坚定了我留下来的决心。

"我知道你现在一定很伤心,很难过,不想跟任何人说话。你一定是受了很大的委屈。"也许是我这句话让女孩子感觉到了被人理解,她的哭声减弱了许多,也不像刚才那样泣不成声了,只是她始终没有抬头。

"为什么要这么对我?为什么要这么对我?"女孩终于开口了,虽然声音很哽咽。

"我知道你一定是发生了什么,能哭出来是好事,总比憋在心里要

好。"我蹲下来,伸出一只手,轻轻抚摸女孩子的头发。

"你又没有经历过绝望,你知道这是一种什么感觉吗?"女孩子用质问的口气喊出这句话,依然低着头。

"你怎么知道我没有经历过绝望?"说出这句话,我也沉默了。

也许是这句话触动了女孩,女孩终于慢慢抬起头,用手指将头发往耳朵后面拢了拢,就把目光投放在我身上。当看到蹲在她面前的人是一个挂着双拐的我时,显然感觉到了一丝惊愕,她的嘴巴张开了些,两只肩膀也停止了颤抖。

我也终于看清楚了女孩的长相,女孩 20 岁左右的样子,清秀的脸庞上满是泪水,两个眼睛被眼泪冲成了水泡,一看就知道她已经哭了很久了。

"谢谢你肯和我说话,谢谢你肯抬头看我,我还以为你准备不理睬我了呢。"听我这么说,女孩的嘴唇微微上扬了一些,只是很快就被一种浓浓的忧愁笼罩住,目光再次垂落了下去,下巴支在交叉的手臂上,定定地看着地面上一个点发呆。

"你刚才说你也经历过绝望,那你也像我现在这么痛苦吗?"女孩子的语气缓和了许多,不再那么犀利,已经有了一个女孩子的柔和。

"生活在世界上,每个人都会遇到各种困难,我们谁都不能例外,我也是。你也看到我的身体了,就能想象出来,我从小吃了很多苦。"

"那你想过放弃自己的生命吗?"女孩抬起了头,腰也直立了起来,看得出她对这个问题很感兴趣。

"想过。那个时候,我不明白,为什么世界上有那么多身体健康的人,而偏偏只有我不能走路。总觉得这个世界是不公平的,总觉得自己比所有的人都要不幸。好像自己是天底下最痛苦、最不幸的人。生活里除了疼痛,再没有其他的了。于是我想放弃自己的生命,也许自己就真正解脱了。"说到这里,泪水溢出了我的眼眶。

"姐姐,那后来呢?你是怎么挺过来的?"女孩向我这边靠了靠,一只手扶住了我的拐杖。

"我想到了自己的爸爸妈妈,想到了有那么多人都在关心着我,如果自己不在了,他们不知道该有多伤心,我才明白,生命其实不是自己一个人的,我知道自己没有权利来处置自己的生命。"擦去嘴角的泪水,我对女孩笑了笑,突然觉得每个人的生命都是那么不容易,这大概就是我为什么会这么关心眼前这个陌生的女孩吧!

每一个生命,都令我珍惜

"姐姐,你很坚强,假如我是你这样的身体,我估计早就活不下去了。"女孩依然望着我,目光里透露出对我选择坚强活下来的佩服。

"任何人都能坚强,只要你愿意,只要你敢于去面对,生活中再大的困难都会过去的。没有任何一个人会一年 365 天,一天 24 个小时都生活在痛苦里,所有的痛苦都是暂时的,都会过去的。"女孩边听边用手指擦了擦眼角的泪水,然后抬起头,不确定地问我:"姐姐,你是说我现在所面临的问题会过去,是吗?会吗?"

"会的,一定会。你一定会再次快乐起来的!"我肯定地点了点头。

"姐姐,谢谢你救了我。你知道吗,如果没有遇到你,也许我过不了今晚。是你救了我。"女孩说完轻松站立了起来,然后弯腰来小心搀扶我。

可是,当我准备往上站立的时候,我的腿一点力气都使不上,我知道是自己蹲下的时间太久,双腿因为血液循环不畅,已经麻木了。

可是我却很快乐,从来没有过的快乐,我不敢想象,今天,在火车站里,我居然挽救了一个年轻的生命。

第九章

带着爱去远行

　　作为一个身有残疾的女孩，我知道自己的生命，肯定具有和身体健全的人不一样的风景。但是我始终相信：那些健全人能做到的事情，残疾人通过自己的努力也可以做到，而且还可以做得更好！

参加教师招聘

如果说大学四年的学习让我掌握了生物领域的知识，知道了基因密码的神奇，了解了遗传变异的本质，那么研究生三年的学习则让我感受到了科学研究的细致严谨，用更加科学合理的视角去发现问题的本质，更重要的是，心理学知识让我能更好地审视自己的过去和现在，让自己变得更加快乐、更加沉静、更加从容。

2009年11月，我研究生毕业已经五个月了。县里公开招聘中小学教师，我带着历经风雨的淡定和对未来的美好憧憬，来参加招聘。

今天天气有些低沉，风呼啸着从一个角落翻卷到另外一个角落，校园的地面显然被人提前清理过了，几乎看不到什么纸屑之类的杂物，但是初冬的寒气还是很肆虐，风不停地穿透我的风衣，在我的皮肤上用力撞击着。不过，我倒没有感觉到多少寒意，反而感觉到一股激情和昂扬的斗志在我的心底涌动。

今天是我研究生毕业后参加应聘试讲的日子，手里握着抽签得到的讲课序号"8"，和几位素不相识的前来应聘的大学生，站立在二楼教室门外的护栏处。每位应聘者的脸上都凝结着一股紧张和明显的焦虑，有的还在不断翻看手里提前查阅的资料，口里念念有词，偶尔会把头探伸到教室的门口，张望一下教室里面的情况。

试讲的课程是针对初中生的基础科目，在备选的科目里没有心理学，不过有生物学这门课，而我本科的专业正是生物工程，当我抽到试讲的课程标题时，一种熟悉的，并且胸有成竹的感觉在我的胸内荡漾。我知道这是一个很好的开始，我抽到了一个熟悉的试讲内容。

参加比赛时，
我镇定自若

　　教室里传来七号应聘者讲课的声音，我循着她的声音朝教室的讲台上张望了一下，她有着高挑的身材，正在黑板上熟练地板书，字迹也很漂亮。我不由得担心起来，担心自己还像上次试讲那样，把板书的字迹写得不是那么有力度。

　　七号应聘者从教室里小跑了出来，右手不停地拍击着胸脯，脸颊上还泛着红晕，腮帮子也鼓鼓的，大口地出着气，我知道她其实是很紧张的。

　　我挺立着胸膛，拐杖和脚步坚定而有序地交替着往前移动，对于结果，我没有想太多，我只是希望自己能把当下的每一个步骤，每一个环节，尽量做好。

　　当我站立在讲台正中央，把手里的教材稳妥地放置在讲课桌上时，我的目光开始在十位评委的脸上游走着，和每一位评委对视时我都露出开心而自信的笑容，希望能带给各位评委一个阳光、自信、大方的良好印象。

　　当我的目光移动到最后面一位评委身上时，一张熟悉的脸庞映入了我的眼帘，这不是我读初中时的那位校长吗？也许校长早就注意到了我，当我的目光和他的目光对接时，一份早就准备好的温暖的笑容已

经呈现在他的脸上。校长放下手里的纸笔,双拳互抱,支托着下巴,眼睛里依然放射出亲切的关注和笑容。

就在我留意到校长坐在教室里,而且是评委中的一员,他那温暖而亲切的笑容投递在我身上时,我突然觉得自己仿佛并不是在参加应聘,而是在给一位我特别熟悉的朋友,讲一些对于我来说,非常熟悉的东西。我对校长微微笑了一下,就立即把目光调整到其他评委脸上,准备讲课。

当我拿起手里的粉笔准备转过身往黑板上板书时,坐在最前排的一位中年男性评委开口对我说:"不用板书了,直接讲你准备的课程就行。十分钟的时间,开始吧。"我抬起头,望向这位评委,虽然是一张陌生的面孔,可是他的脸上依然充盈着亲切的、温暖的、关注的笑容,仿佛是一位我多年未见的老朋友。

望着这位评委老师,我微笑着点了点头,开始用清晰、响亮而标准的普通话,讲授自己准备的课程。当流畅、浅显、有序的语言从我的思维里跳跃出来,通过我口腔的运动扩散到空气里,又传递到评委们的耳膜里时,他们的脸上同时浮现出一种欣赏、喜悦、专注和尊敬的笑容。当我的目光自由移动在各位评委之间时,余光里,我看到的是各位评委不停地点头,那是一种肯定,是一种鼓舞,更是一种无条件的接纳。我的心变得很沉静,很踏实,我突然有了一种远方游子回家的感觉,这里……就是我一直寻觅的归宿。

自信而平稳地走出教室,虽然脸颊泛起阵阵微热,可是我的心跳却很有规律,因为我的课程内容和试讲的时间匹配得是那么恰到好处。我明白,自己已经把最好的一面展现了出来。

不安分的寒风再次吹乱了我的头发,可是,我的心却热乎乎的,一点儿也没有感觉到冷。我把试讲课的材料装进塑料袋里,握紧拐杖,向着校门口慢慢走去。

开往春天的火车

经过充足的准备和出色的发挥,我被顺利录取为县一中的教师。

现在距离到学校报到上岗的日子还有五天,两天前我回到石家庄,退掉了房子,把带不走的东西卖了出去,大的行李已经提前通过邮局邮递到家里,背包里只放着我的毕业论文,毕业证书,还有几件衣服。收拾完行李,我要开始我人生的另一段崭新旅程,回我的家乡工作,我要开始自食其力了。

虽然还没有到年关,可是火车里的人很多,不仅座椅上坐满了人,就连过道上和两节车厢的连接处,都是提着大包小包的乘客。车厢内空气闷闷的,偶尔还有不知道从哪个角落飘过来的香烟味儿。

把背包塞进座椅底下,身体完全倚靠在座椅靠背上时,才发现额头上已经渗满了汗液,衣服也黏黏地粘在了皮肤上。摘下脖子上的围巾,松开大衣的领扣,提起线衣的领角,快速扇动了几下,一股清凉的空气趁势钻进了衣服里,舒适的感觉立即在我的皮肤上铺展开来。

“姑娘,你这是去哪里? 回家还是上学?”坐在对面的一位中年男子面带微笑,温和地问我。

“回家……工作。”不知道为什么,回答完“回家”两个字,我又脱口而出加上“工作”两个字,仿佛只有这么回答,才是完整的答案,我觉得自己就像是一个孩子,刚刚拥有了一个非常好玩的玩具,特别想和别人显摆一下,特别想和别人分享自己的喜悦。

“做什么工作呢?”男子换了个姿势,继续问道。

“教师。”我自豪地回答,而且回答的时候还特意增大了音量。

我自信地站立在春天里

"那真好！不像我们，年年出去打工，吃苦受累不说，工资还没有保障。"男子的眼睛里透露出羡慕的目光。

我这才留意到，坐在我对面的这位乘客脸上的皱纹非常深，双手就像是一张枯死的树皮，不用碰就知道，那双手一定很粗糙。当这双手映入我的眼睛里时，我突然觉得自己其实已经很幸福了。

虽然我不能像身体健全的人那样自由行走，可是我还有身边的这副拐杖，它带着我不是也走过许多地方了吗？七年的大学生活，让我的双腿得到了很大的锻炼，现在，无论去哪里，无论走多远的路，我都不为难，我觉得自己和其他身体健全的人没有什么区别。

一阵轻柔的摇晃，火车开始发动了。我的目光从双腿转移到车窗外，一座座高大的建筑物渐渐开始往后退去，我的心底猛然浮现一股不舍，鼻头酸酸的，各种滋味一起涌上心头。

十七年了，我从当初一个连最基本的数学题都不会做的小女孩，直到今天出色圆满地完成了我的硕士研究生的学业；从一个埋怨上天对我为何如此不公的小女孩，变成一个拥有了那么多的爱，内心充满了不尽感恩的女子；从一个不断获得他人帮助的弱势女孩，成长为一位心理辅导教师,可以给他人带去心灵关怀,帮助他人度过生命中的迷茫和困惑。十七年带给我的改变和成长,我要感谢的人太多太多,感谢爸爸妈妈在我出生后没有抛弃我,感谢老师们对我视如己出,感谢同学们一路对我的陪伴,感谢所有关心我的人给了我坚持下去的勇气和力量,也感谢十七年前那个沿着墙角,跟跟跄跄走到妈妈面前,一次又一次恳求妈妈把她送进学校的小女孩。

眼泪无声地滑落在我的脸庞,尽管周围有许多注视的目光,可是我却一点也没有感觉到难为情。掏出手机,找出老师的号码,我用激动的手指在小小的手机键盘上按下这段话:

"老师,此刻我正在回家的火车上,我已经被高中母校录用了,我也可以和老师一样,做一名心理辅导老师了。老师,谢谢您!!!"

几分钟之后,接收短信提示的铃声响起,老师给我回复:

"夏娟,不用感谢我,你今天所拥有的一切,都是你自己付出和努力的结果,如果一定要感谢谁的话,那就感谢下自己吧。以后有困难随时和我联系,一路顺风,保重!"

读完老师的短信,泪水再次模糊了我的眼睛。

火车朝着家乡的方向,快速平稳地行驶着。望着天边那片绚丽的彩霞,我感觉自己并不是坐在火车上,而是插上了一双强劲有力的翅膀,正在向着一片更为广阔的天空飞翔。

我知道,我人生的另一段崭新的征程,正随着这趟火车的行驶,扬帆起航……

帮助别人，幸福自己

一条镶有"花样年华"的淡紫色窗帘柔顺地挂在明亮的窗户上，墙上一组带有青春气息的壁画使整个办公室显得生机盎然，松软舒适的沙发扶手旁边是一盆碧绿色的盆景，让进入办公室的人立即就能感觉到源自生命最深处的希望，门外的墙上挂着一块醒目的牌子——心理咨询。这就是我工作的办公室，宽敞、宁静、温馨。

如今，我已经是县一中的一名正式教师了，负责全校六千多名高中学生的心理健康辅导和咨询工作。学生们可以在课间或者放学后，来到我的办公室，和我预约咨询的时间。没有学生的时候，我在办公室里整理工作记录或者看看书、听听音乐、喝喝茶，有学生来咨询的时候，我就和学生们达成共情状态，进入学生们那一个个独特的心灵世界，和他们一起面对成长中的烦恼和困惑。每当看到学生们重新拥有了快乐，我就感觉到由衷的幸福，觉得自己是个有价值的人。

玲玲走进我的办公室后，就把身体深深埋进了沙发里，目光定格在茶几的一角，头发有些凌乱地悬垂在额前，整个身体透露着一种浓浓的失落和遗憾。我知道，玲玲的妈妈没有答应玲玲想要去参加野外写生的培训请求。

玲玲是学美术的，在父母眼中，是个很叛逆的孩子，在老师眼里，是个喜欢制造事端的学生。可是，从玲玲并没有冷却的目光里，我却有一种感觉，玲玲并没有真正放弃自己。

"玲玲，你真的很想参加这次写生培训吗？"我始终相信，玲玲是个有梦的女孩，而且这个梦还很美。

　　"老师,我想去。只是妈妈不同意,我没有钱交培训费。"玲玲的脸上浮现出一抹无助的笑,这样苦涩的笑容出现在玲玲年轻的脸庞上,看上去是那么地让人心疼。

　　"老师,今天是我的生日,我唯一的生日心愿就是能参加这次的写生培训,我希望自己再努力一次。可是,没有想到,自己的这个心愿还是落空了。"玲玲把目光垂得更低了,而我对玲玲的疼惜也更加浓烈了。

　　有的时候,老师和家长的一次鼓励,一个肯定,一声赞扬,就有可能改变孩子的一生。我觉得,无论如何我也得为玲玲做点什么,我不想玲玲的生日结束在失望里,我要让玲玲感觉到,并不是所有人都对她失去了信心,只要她想努力,只要她想改变自己,只要她不放弃自己,就没有人放弃她。

　　"玲玲,下午放学后你再来我这里一下,我要给你准备一份生日礼物。"我要帮助玲玲,实现这个生日心愿。玲玲像是触电一样,目光立即飞升起来,凝望着我的脸,清澈的眸子里淌满了惊喜。

　　下午放学后,玲玲如约出现在我面前。我把早已准备好的生日礼物从抽屉里取出来,一个长方形的红色盒子,递到玲玲手里。

　　"打开看看,喜欢不喜欢?"我温和地对玲玲说。

　　"哇,好漂亮! 我从来没有收到过这么美的生日礼物。"玲玲惊喜地望着盒子里的一条精致的项链,用牙齿轻轻咬住了嘴唇,鼻头微微颤抖。

　　"玲玲,这个项链坠是个小天使,我希望你能像个天使一样,无

我工作的办公室一角

163

论在成长的过程中遇到什么困难和不如意,你都能勇敢面对,坚强度过。另外,这是你参加培训的费用,好好珍惜这次学习的机会。"说着,我把早已准备好的400元钱递到了玲玲面前。

"老师,这怎么可以呢?我不能用你的钱。"我这么做,玲玲显然感觉到很意外。

"玲玲,这个钱就当是我借给你的,等你将来工作了,有了钱,你可以再还我。"为了让玲玲不再有所顾虑,不再拒绝,我只好找来这个理由。

玲玲低着头,站立在我身边,也许是不好意思,也许是感动,也许是对于妈妈的拒绝感到委屈,玲玲并没有接过钱。

"玲玲,我们在生活中,总是会遇到各种困难,克服这些困难的资源并不一定来自自己的父母,只要最终能找到解决问题的方法,这才是最重要的。这次学习机会只有一次,我不希望你错过。"我把拐杖架到腋下,站立了起来,把钱塞到玲玲手里。

"嗯,老师,你放心,我一定会好好学习的!"玲玲抬起了头,两道泪水滑落在玲玲秀美的脸庞上。

快乐的心灵教室(上)

初春的夜晚,月光柔和,清凉的晚风吹拂在脸上,很舒服。我开着电动三轮车,平稳地行驶在去往学校的路上。

今天晚自习我要到学校,给高二年级一个班的学生做一次心理健康的讲座。虽然白天忙碌的工作已经让我的身体感觉到了疲倦,但是一想到学生们渴盼我到来的目光,就精神倍增。下班回到家里,仔细化了一个清爽淡雅的妆,穿上一件大方知性的浅灰色风衣,顾不上吃晚饭,就开车向学校的方向驶去。

校园里没有路灯,只有远处教室窗户里透出来的灯光,淡淡地洒在空气里,指引着我向前走。我减慢了速度,小心开过一段坑洼不平的小道,再穿过一个新建的塑胶跑道,就来到了高二年级所在的教学楼前。虽然眼前分辨不出周围的景物,但是我的心却像这早春里的月亮,柔和,明亮。

教学楼前很寂静,现在还没有到下课的时间,我的车子缓缓停靠在教学楼前的台阶下,几个站立在楼道里的身影立即向我走来。由于光线太暗,我分辨不出这几个人的相貌,但是我知道,这应该是前来迎接我的班委。

"老师,您来了,我们都在这里等着您呢。"走在最前面的一个高个子男生,非常有礼貌地跟我打招呼。

"教室在二楼吧?走吧。"我拔下车钥匙,把拐杖从车子上取下来,架到腋窝下,在班委们的引领下,来到了二楼的教室门口。班长快步走到我前面,推开了虚掩的教室的门,一个热情的、欢腾的、青春的世界展

示在我眼前。

这是一间多么温暖的教室啊，每一个人的脸上都洋溢着笑容，每一个声音都是那么地青春和富有朝气。当我走进教室时，学生们齐刷刷地站立了起来，热烈的掌声在我的耳边雷鸣般地响起来。

我在学生们早已摆放好的凳子上坐下，带着微笑的目光在全体学生身上环视了一圈，然后回转身，准备把拐杖靠在身后的黑板上，一抬头，看到黑板上用粉笔写着"热烈欢迎胡老师到来"几个颇有艺术气息的大字，仅仅从这几个认真的粉笔字上，我就感觉到此时的自己是那么幸福的一个人。

我把目光从黑板上撤离，心里漾起甜甜的喜悦。班委把一瓶绿茶轻轻放在我面前的课桌上，真是细心的孩子。学生们的目光都汇聚在我身上，脸上飞扬着温暖的微笑。

我的目光贪婪地在每个学生的脸上游走着，我多么希望此刻的自己记忆力超群，能把每个学生的模样都清晰地印刻进记忆里。

教室里，我和学生进行心与心的交流

　　"大家好，当春天悄悄到来的时候，我也来了。此时此刻，我感觉自己是那么幸福，因为现在的你们是完全属于我的了。"我的话音刚落，一阵轻松的笑语声在教室里开始扩散开来。我能感觉到，学生们和我之间没有任何拘谨和陌生，我们就像是相识了很久的朋友，很随性，很自由。

　　"今天能有这样一个机会和大家见面，确实很快乐。首先我想告诉大家，我们这次的见面，不是讲课，而是一次真诚的心灵对话，在这里，我们可以完全敞开自己，大胆地表达自己的感受，分享自己的内心体验。而我现在是你们的一个朋友，一个姐姐，我希望在这段交流的时间里，我们每个人都能有所收获。后面的同学如果看不清楚或听不清楚，可以搬着凳子到前面来，大家可以随便坐，找一个你感觉最舒服的位置。"

　　我的这个建议立即得到了回应，后面两排的学生都搬起凳子，向黑板的方向走来。很快，每个学生都找到了自己的位置，教室里再次恢复了安静。

　　"下面我简单地做一下自我介绍，我叫胡夏娟，患有先天性脊椎裂，11岁才进入学校，刚开始上课的时候，我什么也听不懂，但是我相信，只要努力，就可以克服一切困难，就这样我努力了十年，拼搏了十年。2002年，我如愿考上了大学，四年之后，我又顺利考取了心理学硕士研究生，现在是咱们学校的一名心理咨询教师。"

　　我面带微笑地介绍着自己，学生们聚精会神地听着。在这间温暖的教室里，我听到了心与心碰撞的声音……

快乐的心灵教室(下)

时间一点一点在教室里流逝着,我和这些少男少女们的心也靠得越来越近,他们对我的故事了解得更加丰富,我对他们内心的困惑也感知得更为深切。

生活在优越的物质生活里,面对爆炸式的现代信息,他们还有些青涩的内心,没有足够的资源去应对环境里的一切,再加上一帆风顺的成长经历,他们就像是一艘行驶在风平浪静海面上的小船,父母为他们护航,老师为他们指引前进的方向。可是,当风起了,雨落了,严寒袭来了,他们就迷茫了,困惑了,不知道该如何给自己一个正确的定位,更不知道该如何驶向梦想的彼岸,甚至还不清楚他们的梦到底在哪里。

"老师,您的身体这么不好,那您为什么还一直坚持走下去呢?"一个举手的男生在得到我的允许后,站立了起来,不解地抛出这个问题。其余学生也仿佛都凝住了呼吸,等待我的回答。

"为了改变自己的命运! 当我知道自己这辈子再也站立不起来的时候,我就明白,自己必须为自己找一条出路,当我走上这条路的时候,我不用父母再养着我,我可以自食其力,拥有自己一片独立的天空。我用十七年的时间,经历过数不尽的疼痛和艰辛,才走到今天,虽然我也曾迷茫过,也曾流下过泪水,可是,我从来没有后悔过自己当初决定上学的选择。如今,我拥有了一份喜爱的工作,我也可以和那些身体健全的人一样,上班下班,忙碌充实,实现自己的价值。"

说到自己的今天,我的脑海里浮现出每天我骑着红色的电动三轮车,带着快乐的心情,行驶在从家到学校的街道上,不,不是行驶,是飞翔。每当街道上的行人不太多的时候,我就可以稍稍加快速度,然后我就觉得自己仿佛变成了一只挣脱出牢笼的小鸟,又好像一只在猎猎长风中飞舞的纸鸢,在天地之间自由地飞翔。

学生们的问题像是雪片一样,从教室的各个角落里抛过来,我很享受这样的过程,接收一个问题,然后通过自己的回答,看到疑惑在学生的脸上渐渐褪去,取而代之的是豁然开朗和释然的感觉。这个时候我就感觉自己也是个有价值的人,我也是个可以给他人带去希望和力量的人。

我双手扶住凳子的边沿,把身体往回挪动了下,我突然感觉到自己的臀部发出一阵清晰的压痛感,也许是刚才和学生们交流得太投入了,我忘记了移动自己坐着的位置和姿势,本来血液循环不好的臀部,现在已经在发热,在酸痛。

课间,学生们积极地提出成长中的困惑

要是在平时，我现在是不能再坐在僵硬的凳子上，应该站立起来活动一下，或者垫一个松软的垫子。可是，我知道，这样交流的机会，对于眼前这些孩子们来说，太难得了，我还是应该坚持下去。多给学生解决一个问题，就清除了他们心底的一个困惑；多给他们一点希望，比我身体上及早摆脱这种疼痛，更有价值，也更让我快乐。

我继续坐在凳子上，不敢轻易去移动自己的身体，这样也许疼痛就不会扩散开来。学生们发言的热情越来越高涨，越来越放松，从学习问题到情感问题，从人际关系问题到前途未来的问题，我也认真细致地做着解答，在这样的投入里，疼痛也仿佛暂时消隐下去。

转眼，马上要到放学的时间了，为了避免放学的铃声一响，各个教室里的学生蜂拥而出，那个时候我想顺利走下楼梯，就很麻烦了。于是，我不得不结束和学生的交流，提前几分钟离开教室。

"同学们，我们交流了整整两节课，在这段时间里，我感觉很快乐，因为从你们身上，我感受到你们对我的尊重、信任、接纳和喜欢，这是作为一个人，最大的快乐，现在不得不和大家说再见了，等以后有机会，我还会来的。同学们，再见！"

说完，我架起拐杖，准备迈开一只脚走下讲台，可是当我还没有把脚抬起来的时候，我就感觉到一阵麻痹感从双腿瞬间涌上来，我摔倒在了讲台上。学生们立即慌乱了起来，纷纷跑向讲台，心疼地一边问我摔伤了没有，一边把我小心搀扶起来。

虽然感觉有些尴尬，可是，我的心里还是觉得很快乐，这真是个幸福如花的夜晚。

带着爱去远行

校门外面是一条宽阔的柏油路，马路两旁的街灯把路面映照得十分清晰，现在已经夜里十点了，街上的行人寥寥落落，偶尔有一、两辆小汽车从我的身旁快速驶过。我刻意把车速调慢，静静地穿行在朦胧的夜色里，从路灯灯罩里散发出来的光线的温暖一点一点凝聚在我的脸上和心上。

晚风吹拂起我的头发，乌黑柔顺的发丝向我的身后齐齐地飘去，我的思绪也飞回到十七年前的那个夏日的午后。

密密麻麻的梧桐树叶在灼热的空气中无力地摇晃着，除了隐藏在树梢里的蝉在拼力嘶叫着，院子里再没有一点声音。11岁的我孤独地坐在走廊的台阶边，两只胳膊交叉，紧紧搂抱着自己残疾的身体，瘦弱的肩膀不停地抽动着，蓄满泪水的眼睛里满是委屈、害怕和无助，滚落到台阶下的疼痛还在我的身体里扩散着。

我不明白，为什么那些小朋友要把我从台阶上推下去，为什么那些小朋友要来欺负我，要把我当做怪物一样来嘲笑，为什么只有自己不能去上学，不能去跑跳。我哭了，我痛了，但是哭过、痛过之后，我不甘心自己的命运就这样在被人疏远和遗忘中残存下去，我一定要改变自己的命运。

身旁呼啸而过的汽车鸣笛声将我的思绪拉回到这片夜色里，我调整了下车把的方向，往街道右侧靠了靠。当我可以随心所欲地调整自己行驶的速度、掌控自己前进的方向时，我突然感觉十七年前的那个自己就像是一只受困的茧，而十七年后的自己却犹如一只可以展翅而飞

下晚自习后，我快乐自由地行驶在回家的路上

的蝴蝶，在阳光雨露下，在朗月清风里，美丽而自由地飞翔。

当我从一个只能坐在小板凳上，羡慕同龄小伙伴可以背着书包、跑跳着去上学的小女孩，成长为一名女硕士，并且拥有了一份稳定工作的女心理咨询师时；当我从一个饱受男生欺负的小姑娘，成长为一个深受学生爱戴的人民教师时；当我从一个连最基本的数学除法符号都不懂的小丫头，成长为一个在导师的指导下，能独立完成自己的硕士论文的研究生时；当我从一个埋怨命运不公、常常独自默默垂泪的小女孩，成长为一个收获了人世间真爱、对命运充满不尽感恩的女子时；当我从一个不断获得他人帮助和爱的弱势女孩，成长为一个能为他人带去光芒和希望的自信女子时，我真的觉得自己幸福极了，快乐极了。

如今，我已经顺利完成了硕士学业，并且顺利成为了一名中学心理教师，负责六千多名高中学生的心理健康咨询和辅导工作。当我步入工作岗位后，每天感受到学生对我发自内心的喜爱和尊敬时，当我感觉到自己用多年的知识和对人生的感悟来帮助一颗颗迷茫和困惑的年轻心灵时,我感觉到了自己存在于这个社会的价值,我觉得自己成为了一个有用的人,更加感受到"知识改变命运"的强大力量。

如果问我,是什么力量在一直支持着我不放弃自己的追求和梦想,那就是我心中的那份对命运的不甘和决不放弃的倔强。

我热爱生命,虽然它让我用这样一种独特的方式来感受人生,但是我依然收获了自己的亲情、友情和爱情。亲人、朋友和爱人都在用他们的方式来善待我,都在用他们的方式来保护着我,关爱着我,不让我孤独,不让我害怕,不让我伤心,不让我失望。

我感受到了爱,学会了爱,同时,也付出着自己的爱,传递着爱。我是快乐的,因为我的心中早就种下了一个美丽的梦想;我是充实的,因为我一直在自己风雨人生路上挺进着;我是幸福的,因为我用自己的坚持和不放弃,获得了那么多人的疼爱和陪伴;我是幸运的,因为我终于走到了梦想的彼岸,嗅到了梦想开花的清香。

此时,我的心里只有满足,只有喜悦,只有感恩。我终于用十七年的时间跨越了残疾给我的生命所设下的局限,我终于用十七年的努力和坚持,拥有了这方可以自由呼吸、自由生活、自由穿行的天地。

月亮渐渐从云层后面探出头来,连那些没有路灯的街角也完全被收入眼底。我提高了车速,向着家的方向轻松、欢乐而自由地驶去。

这一路,有梦相伴,痛也幸福。

追逐太阳

后　记

梦想开花的声音

　　面对残疾的身体，我选择了接纳；面对疼痛，我选择了坚强；面对坎坷的命运，我选择了微笑；面对人生路上的风雨，我选择了依然前行⋯⋯

一

今天是 2012 年春天的第一天，空气中依稀还留有新年鞭炮响过的痕迹。微风飘过的午后，我静坐在电脑前。当我用手指在键盘上敲击出书稿的最后一行字的时候，泪水不由得滑落在我的脸庞。我的书稿终于在第一缕春风的吹拂下，在这一刻画上了最圆满的句号。

我写这本书，结缘于两个人，一位是我的好朋友，同时也是心灵史诗创作团队里的成员——魏瑞红，一位就是陪伴我走过了两年多个日日夜夜，辛苦指导我创作，把我的求学之路转化为文字的恩师——张大诺。

2009 年 6 月 29 日，一封我期待了 14 个月的邮件，终于出现在我的邮箱里。

"夏娟：你好！我是瑞红。当你收到这封电子邮件，很意外吧。其实，今晚坐在这里给你写信，很自责。看你写信的时间，我的这封回信足足迟到了 14 个月。向你说声对不起！

你写信的时间是 08 年 5 月，回想那段时间，大概我工作和生活赶得太紧。所以那段时间很少上网。以至于我查收信件时漏掉了你的信件。直到最近妹妹瑞丽回家来，回忆她在学校的事，跟我说起你了，还说我们是老乡，说到你的坚强，你的幸福，还问我有没有收到你的信件。说你写信给我了，我开始打开信箱逐一查看我所有来往信件，终于在三百多封信里找到了你的信件，真是又自责又幸运！也许身体的原因，我相信我们的心会很近吧。真希望有一天能见到你，成为你的朋友，也能在学习上多向你请教。时隔一年多，不知道你还好吗？"

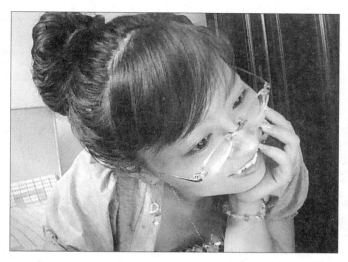

历经磨难的我,
聆听到了梦想
开花的声音

读完这封邮件,我的心早已激动地不知道如何是好,14 个月之前,我在学校图书馆里看书,一位长得高挑的女孩走到我身边,微笑着对我说:"我介绍一位朋友给你认识吧,她是我的姐姐,和你一样,身体行动不方便,但是你们都很坚强,我想,你们一定能成为好朋友的。"说完,女孩给我留下了瑞红的电子邮箱地址。回去之后,我就立即给瑞红写了信,因为我特别想认识这位……和我一样有着特殊命运的女孩。但是这封邮件发出后,一直没有回音,我想瑞红一定是太忙了,就暂时把这件事先放下了。没有想到,14 个月之后,瑞红的回信居然从天而降,我的生命里从此多了一道用坚强描绘出的美丽风景。

2009 年 10 月 16 日,瑞红的另外一封邮件出现在我的邮箱里。这封邮件里有两个网址的链接,一个是大诺老师的博客,一个是大诺老师指导出版的第一个学生张云成的书《假如我能行走三天》。点击开大诺老师的新浪博客,一篇置顶的博文《残疾群体心灵史诗》让我的心被深深触动和震撼,大诺老师用了 6 年的时间,指导只上过一天学的肌无力青年张云成完成出版了《假如我能行走三天》,在社会上引起强大反响,于是张老师产生了一个更大的梦想,希望能给每个残疾领域都留一本书,作为 8000 万残疾朋友们的精神食粮。大诺老师正在全国寻觅……

可以参与到心灵史诗创作团队里的写作者。

大诺老师的这篇文章让我涌起莫大的激情,我仿佛看到一面面旌旗在全国的各个角落升起,又仿佛听到一声声战鼓在四面八方擂响。于是,我产生了一个愿望,希望能加入到心灵史诗创作团队里,把自己生命的轨迹记录下来,给弱势群体的朋友们贡献自己的一点微薄之力。

可是,当我仔细阅读大诺老师正在指点的同学们的人生故事时,我又感觉到很担心和忐忑,因为和这些同学相比,我觉得自己曾经历过的那些苦难都不算什么,我能有参与进来的资格吗?但是,我还是怀着一线希望,给大诺老师发去了邮件,把自己的故事讲给大诺老师听,然后就开始焦急等待老师的回复。

两天后,大诺老师给了我回复。

"你好夏娟,从瑞红那里知道了你们的故事,很是钦佩,由于写书是一个非常需要耐心与意志力的事情,所以你要作好充分的心理准备,近期我会给你打电话,我们在电话里聊一聊,我有你的联系方式,祝好!"

读完大诺老师这段回复,我惊喜地从床上跳下来,架起拐杖,站立在窗前,遥望着北京,大诺老师生活的方向,默默地说了一句:"大诺老师,谢谢你,给了我这个机会,我一定不会辜负你的期望!"

几天之后,远在北京的大诺老师给我打来了第一个电话,我握着手机的手在颤抖,我有些不敢相信,大诺老师真的给我打来了电话,我加入心灵史诗创作团队的心愿终于变成了现实。

"夏娟,先给我讲下你的故事吧,从什么时候开始都行,随便讲。我听着。"大诺老师温和又亲切的声音,让我紧张的心渐渐松弛了下来,我知道电话那端的大诺老师在认真倾听我说出的每一句话,每一个字。

电话这头的我开始讲述自己的故事……

二

　　自从大诺老师给我打来第一个电话，我确认自己已经是心灵史诗创作团队里的一员之后，我就知道自己的肩上，承担起了一份光荣而厚重的责任，所以，无论面对什么困难，无论付出多少辛苦，我都会坚持下去，勇敢地克服。

　　大诺老师指导我写第一个小节的书稿时，我正住在出租房里，因为是周末，隔壁的邻居还在休息，为了不打扰别人，我让爱人给我搬了一把高凳子和一把小凳子，来到楼顶，通过电话，接受大诺老师的指导。大诺老师给我提出了写作的内容，思考了几分钟后，我开始用笔往纸上记录，可是无论我怎么用力，就是无法在纸上写出字，我很着急，因为回复大诺老师的时间马上就要到了。

　　当爱人把雨伞给我送上来时，我才发现天空早已经飘起了细雨，纸都给雨滴浸湿了，当然写不上字，可是，我完全沉浸在如何写这段内容的思考里，根本没有发现，阴沉的天空里早已经飘落下雨滴，我的头发和衣服都湿漉漉的，可是我竟然一点都没有发现。

　　一个月后，我回到家乡，在我读高中的母校工作，成为了一个心理辅导教师。面对七千多名高中学生，白天的时间被占去了大部分，我只能把写作安排到晚上。由于长时间的静坐，我的颈椎发出了疲累的信号，整个后背的神经像是被打上了好多个死结，变得僵硬紧皱，无法灵活舒展，即使轻轻触压，骨头也会发出揪心的疼。脖子也像是生了锈的机器，哪怕只是轻轻扭动一下，都得先咬紧嘴唇，作好疼痛的心理准备。

　　实在难受了我就站起来，靠在墙壁上，一次又一次把身体撞击向墙

壁。后来脖子还是很难受，我只好来到按摩店里，让按摩师傅给我做下按摩。当按摩师猛然用力把我的脖子转向两侧时，我一边忍着强扭的疼痛，一边在心底不停地祈祷，希望自己的颈椎、肌肉、骨骼，还有全身的血液，都能对我多一份体谅，都能好好配合我，让我顺利完成书稿的写作。希望它们能把身体的不舒服感先积攒着，等我完成书稿写作后，再一起施加给我，哪怕那个时候我只能躺在床上，连坐都无法坐了。

很多时候，写稿到深夜，寂静的夜晚让我感觉……全世界仿佛只剩下了我一个人，电脑的屏幕无声地散射出闪烁的光线，可是这样的光线在这样的深夜，仿佛也具有了催眠的功能，我的眼眶里好像浮现出迷蒙的烟雾，电脑屏幕上的字变得越来越模糊，两只眼睛像是被粘性极强的胶给粘连了起来，我的头一阵发沉，脑袋摔倒在电脑旁，意识渐渐变得模糊。

当我猛然间睡醒时，才发现已经半夜了，身体一边打着寒颤，心里一边埋怨自己怎么会睡着呢，又耽误了好几个小时。

进入到写稿最后冲刺倒计时后，正赶上过年，为了保证稿子能顺利写完，我推掉了一切和朋友们见面的活动，除了吃饭和上厕所，其余的时间，我都是待在自己的屋子里。一连好多天，我连院子都没有去过，不知道今天的气温怎么样，不知道今天的空气是温暖的，还是有些清冷的。

每天我都对自己说一遍，距离完稿还有多少天，我感觉到自己像是在参加一场战斗，战役马上就要结束了，我必须坚持到最后一刻，一定要打一场胜利的战役，为了中国 8000 万残疾群体。

三

　　对着窗外初春的阳光,我长长地伸了一个懒腰。我的书稿写完了,
17 年里所经历过的酸甜苦辣,通过 27 个月的努力和汗水,转变成了眼
前的文字。

　　当我本可以去尽情体验收获的甘甜和喜悦时,感动的泪水却在我
的眼眶里如珍珠般晶莹地滚动。此时此刻,我觉得自己是个幸福的人,
两年多的书稿创作中,我再次感受到了人世间浓浓的温暖和最美丽的
真爱。

　　两年多的书稿创作中,大诺老师不仅教给了我小说写作的态度、技
巧、方法,还把为人处世的智慧,对待生命的态度,生活的希望都潜移默
化地传递给了我。

　　大诺老师出现在我生命里时,我研究生刚毕业,正面临四处碰壁的
求职困境和焦虑,是大诺老师在电话的那端,用平静而坚定的语气告诉
我:只要我自己心中有希望,只要我自己不放弃,机会终会来到我的身
边。果真如大诺老师所言,没有多久,我们县里就公开招聘中小学教
师,我带着自信和希望参加了应聘,并被顺利录用,成为县一中的心理
辅导教师。

　　刚刚参加工作,我面临许多从来都没有遇到的问题,大诺老师指导
完我的书稿,会再询问我工作中、生活里是否还存在什么问题。

　　工作刚一个多月,我就接到县文教局的通知,让我给全县小学教师
进行心理健康教育的培训。这对于刚刚走出校门,没有任何经验的我
来说,无疑是很大的考验,我感觉到了很大的压力。大诺老师知道后,

专门抽出时间,给我打来电话,先让我说出自己的思路和想法,再把自己在工作中积累起来的宝贵经验告诉我,和我商定出一套大的框架和思路,让我放心去做。

此时,不知如何下手的迷茫才从我的眼前消失,我有了一种豁然开朗的感觉,充满信心地迎接这次培训任务。经过自己的努力,为期半个月的培训,圆满落下了帷幕,而我也在县文教系统留下了良好的印象和口碑。

在大诺老师的关怀和指导下,当生活和工作中的困难和问题一个一个被解决掉时,我的心变得踏实、沉静,也让我能全身心进行书稿的创作。没有大诺老师,就不会有我这本书的产生;没有大诺老师,我不会感受到,原来一个人的身上可以蕴藏这么多的爱;没有大诺老师,我不会知道,原来一个人可以有这么美好的一个梦想,并且为了这个梦想的实现,而付出如此多的耐心、细心和恒心。

为了我书稿的顺利创作,父母用他们无私的爱给我创造了一个安逸的生活环境。早上起床后,妈妈一定会给我蒸两个鸡蛋,看着我把它们吃下。并且一再叮嘱我……身体是革命的本钱,要想把书稿顺利写完,我首先就要有一个健康的身体。家里所有的事情都不用我操心,只要我有一个健康的身体,然后不辜负大诺老师的期望,早日把书稿写完就好。

我扭头发现房间门口的垃圾筐里已经快满了,就架起拐杖,提着那只并不重的垃圾筐,准备倒到院子里大的垃圾桶里。刚走出客厅,正在收拾院子的爸爸就看到了我手里的垃圾筐,立即快速走过来,把垃圾筐接过去,对我说"这个给爸爸,快去写稿吧。"看到爸爸被风霜渐渐染白的鬓角,望着爸爸不再年轻的背影,我的心里泛起一阵心酸,也涌起无比幸福的感觉。

如果说对于其他人我是感恩,那么对于我的爱人,我就是愧疚。我不仅没有像其他妻子那样,为他洗洗涮涮,照顾他的生活,反而让他一切以我为中心,只要我好,他什么都愿意去做。

此外,我还要特别感谢我单位的领导,刘尚峰校长知道我在创作这本书，给我提供了宽松自由的创作空间和时间，让我全身心、没有任何顾虑地去写稿。

感谢和我一起并肩奋战的心灵史诗全体同学，我们一起为共同的梦想在努力着，拼搏着，成长着。一起用并不完美的身体去书写最完美的人生。

感谢所有给我鼓励、支持和信心的朋友们，是你们的陪伴，让我不感觉到孤单，让我拥有走下去的力量。我的生命才像含苞的花蕊，在人世间温暖的爱的滋养下，绽放出含笑的花瓣。

春天来了，温暖的阳光会带给世间万物生长的力量，我希望自己的书能给残疾朋友们带去一缕希望之光，一缕好好生活下去的光。

我的故事讲完了，我会带着自己收集到的爱，去迎接下一段人生；虽然我不知道自己在下一个故事里会遇到哪些人，会发生哪些故事，但是我相信，这个故事里有一个永恒的主题，那就是爱。

责任编辑：宰艳红

封面设计：周方亚

责任校对：周　昕

图书在版编目（CIP）数据

追逐太阳 / 胡夏娟 著 . – 北京：人民出版社，2012.12（2014.11 重印）

ISBN 978－7－01－011311－1

I. ①追… 　Ⅱ. ①胡… 　Ⅲ. ①自传体小说－中国－当代 　Ⅳ. ① I247.5

中国版本图书馆 CIP 数据核字（2012）第 239804 号

追逐太阳
ZHUIZHU TAIYANG

胡夏娟　著

人民出版社 出版发行
（100706　北京市东城区隆福寺街 99 号）

北京市文林印务有限公司印刷　新华书店经销

2012 年 12 月第 1 版　2014 年 11 月北京第 2 次印刷
开本：710 毫米 ×1000 毫米 1/16　印张：12
字数：100 千字　印数：5,001－8,000 册

ISBN 978－7－01－011311－1　定价：24.00 元

邮购地址 100706　北京市东城区隆福寺街 99 号
人民东方图书销售中心　电话：（010）65250042　65289539